KB071380

희망대로 오십사번지

물감이 처방한 마음 진통제

희망대로
오십사번지

초판 1쇄 발행 2024년 8월 1일

글 그 림 장보현
발 행 인 권선복
편　　집 권보송
디 자 인 김소영
전 자 책 서보미
발 행 처 도서출판 행복에너지
출판등록 제315-2011-000035호
주　　소 (07679) 서울특별시 강서구 화곡로 232
전　　화 010-3993-6277
팩　　스 0303-0799-1560
홈페이지 www.happybook.or.kr
이 메 일 ksbdata@daum.net

값 22,000원
ISBN 979-11-93607-42-8(03810)

희망대로 오십사번지

물감이 처방한 마음 진통제

장보현 글·그림

도서출판 행복에너지

[Prologue]

어려서부터 산을 유독 좋아했던 저만의 이유가 푸르른 빛 때문인지 모르겠습니다. 수학여행이나 교회 수련회를 갈 때면 교외로 벗어나 산이 높아지기 시작할 때부터 목적지에 도착할 때까지가 저는 제일 좋았습니다. 높고 푸른 나무가 빼곡한 산을 보고 있는 동안, 마음속 깊이 자리한 공부에 대한 스트레스, 엄마한테 혼날 일은 흔적 없이 잊혀졌습니다. 제가 미술 시간을 기다리고 또 기다렸던 이유는 그토록 그리고 싶은 산과 들이 책상 위에 내 맘대로 재현될 수 있기 때문이었습니다. 장보현의 스케치북에는 산에서 흘러내린 강이 굽이치는 마을 감싼 풍경이 자주 등장했습니다.

고등학교 시절에는 입시 공부, 대학 시절에는 클럽활동, 대학 졸업 후에는 돈벌이 때문에 그림은 삶의 영역에서 밀려나 있었습니다. 묵혀두었던 물감과 팔레트를 꺼내 든 것은 갑작스레 힘든 마음을 이기기 위한 몸부림이었습니다. 추억 속에 갇혀 있던 푸른 빛깔 나무숲과 하늘이 흰 종이 위에 채워져 가면서 내 마음도 안식이 서서히 채워지기 시작했습니다. 한 번은 천으로 된 대형 블라인드에 미친 듯이 물감을 뿌리고 발라, 꿈에 본 듯한 상상 풍경화가 거실 한 쪽 벽을 다 차지하기도 했습니다(아래 그림).

그리고 또 그리다가 자연 닮은 채색 스케치와 거기에 딸린 스토리는 누군가를 향한 힐링과 위로가 되어주기를 바라는 맘이 간절해졌습니다. 그렇게 출발한 SNS 마음치유

흘러내리는 하늘, watercolor painting on linen, 2020

수채화와 희망 메시지 포스팅은 다음 작품을 기다리는 사람을 생겨나게 하고, 땀 흘려 작업하는 보람을 가져다 주었습니다.

제게 반 고흐를 왜 좋아하냐고 묻는다면 〈별이 빛나는 밤에(The Starry Night)〉가 결정적 이유일 것입니다. 1800년대 말 고흐가 프랑스 생레미드프로방스의 생폴 드 모솔 정신병원에 입원해 있을 때, 한 뼘 희망이랄 수 있는 창문을 통해 본 풍경을 바탕으로 그는 캔버스에 밤하늘을 향한 상상력을 총동원했습니다. 소용돌이치는 달빛과 별 꼬리는 오늘 걱정과 염려로 정서가 잠든 이의 우뇌를 깨울 것만 같습니다. 상상 속에 탄생한 이상적 하늘이기 때문에 저마다의 상상력을 전염시키기에 충분합니다. 그의 붓끝이 표현한 춤추는 동심원의 빛 잔치는 보는 이의 불안과 혼란을 오히려 추방합니다.(107p 참조)

제가 반 고흐의 별빛 풍경에서 위로를 받았듯, 『희망대로 오십사번지 – 물감이 처방한 마음 진통제』는 마음의 쉼과 힐링을 추구하며 쓰여진 책입니다. 다섯 가지 마음 힐링 프로젝트는 자연, 사랑, 일상, 골목길, 과거와 현재를 주제로 다양한 감정 스토리를 담았습니다. 읽는 이의 눈가 미소와 입꼬리를 생각하며 입힌 색채와 형상으로, 마음의 눈이 상상하고 더듬는 경험이 만들어진다면 목적 달성입니다.

'자연에 속한 마음'에서는 푸른 바다의 끝없는 수평선과 같은 광활한 자연 속에서 희망과 미지를 탐구하며, 꾸미지 않은 아름다움과 경이로움을 마주하게 합니다.

'사랑의 정원'에서는 사랑하고 이해하는 맘의 다양한 모습을 통해 온기가 퍼져나가는 감정과 관계의 소중함을 말합니다.

'길 위에서'는 매일의 일상에서 발견할 수 있는 작고 소중한 순간들을 포착하여, 평범한 순간에 존재 의미를 회복할 수 있음을 보여줍니다.

'골목길의 추억'에서는 좁고 기다란 공간 속에 남겨진 기억을 되새기며, 과거의 순수했던 자아와 만나보는 경험을 추구합니다.

'과거와 현재를 잇다'에서는 지켜야 할 것들과 변화의 흐름 속에서 남은 것들의 성숙된 탈바꿈을 희망합니다.

다섯 가지의 힐링 프로젝트가 바쁜 삶의 미로에서 방황하는 독자의 마음에 울림을 주는 감성 기록이 되어 주었으면 좋겠습니다. 그림과 글을 따라 움직이는 마음이 쉼을 얻도록, 각자 자리에 멈춰 서서 진행 방향과 속도를 들여다볼 여유가 생긴다면 더할 나위 없이 만족합니다. 아무쪼록 『희망대로 오십사번지』가 젊었던 시절 꿈을 잊은 채 쉼 없이 달려온 여러분의 각박한 정서에 푸근한 위로와 소소한 기쁨을 살며시 얹어 주면 좋겠습니다.

[추천사]

이명옥

사비나미술관장, (사)한국시각예술저작권연합회 회장

삶의 속도에 지쳐 잠시 멈추고 싶은 순간이 있습니다.

그럴 때 우리에게 필요한 것은 일상의 작은 행복과 위안입니다. 장보현의 신간 『희망대로 오십사번지』는 바로 그런 책입니다. 저자는 평범한 일상 속에서 미술에 대한 열정을 가지고 그림을 그려나가는 아마추어 화가입니다. 거대 담론이나 정교한 표현기법보다는 자신의 눈으로 바라본 세상을 소박하고 진솔하게 담아내는 그림 그리기를 추구합니다.

이 책은 미술을 사랑하는 저자가 일상 속에서 마주하는 소소한 고민들과 극복 과정에서 발견한 작은 행복, 자연 속에서 찾은 위안의 순간들을 진솔하게 표현한 채색 스케치와 이야기들로 구성되어 있습니다.

이 책의 가장 큰 매력은 저자가 직접 그린 그림과 글에서 느낄 수 있는 순수한 열정과 진심, 성장의 기쁨입니다. 저자의 예술적 성장과 도전은 독자들에게 자극과 동기부여를 제공하며, 자신의 꿈을 향해 나아가는 용기를 북돋아줍니다.

저자의 감성을 담아낸 그림이야기를 통해 여러분도 꿈을 향해 도전하는 용기를 얻으시길 바랍니다.

[추천사]

조용상

뇌과학자(가천대 교수/고려대 의대 외래)

이 책의 제목처럼, 그림은 마음의 진통제가 될 수 있습니다. 힐링에 도움이 되는 음악이 있듯이, 지친 마음을 위로하는 그림도 있습니다. 장보현 작가의 그림이 바로 그런 예입니다. 그의 작품은 따뜻함과 정감이 묻어나며, 바쁜 일상에 잊고 있던 묵은 감정들을 해소시켜 주는 카타르시스를 선사합니다.

장보현 작가의 그림은 소중한 추억과 감성을 섬세하게 들추어, 각자의 기억과 내면을 깊이 들여다보고 치유할 기회를 창출합니다. 이러한 과정은 우리 몸의 스트레스 호르몬을 낮추고 행복감을 높이는 데 적지 않은 도움을 줍니다. 뇌과학적 관점에서 볼 때, 대뇌피질의 시각 처리 영역뿐만 아니라 감정과 기억을 담당하는 변연계도 활성화되어 긍정적인 정서를 촉진하고, 스트레스 호르몬의 수치를 낮추는 데 기여합니다. 또한, 뇌의 보상 시스템이 활성화될 때 행복감이 높아지게 됩니다.

진심이 오롯이 담긴 그림 속 치유와 평화를 찾는 장보현 작가의 여정에 박수를 보냅니다. 이 책에 담긴 그림 이야기는 독자의 마음과 뇌에 작용하는 치유의 씨앗이 될 것입니다.

〈하나〉 자연에 속한 마음

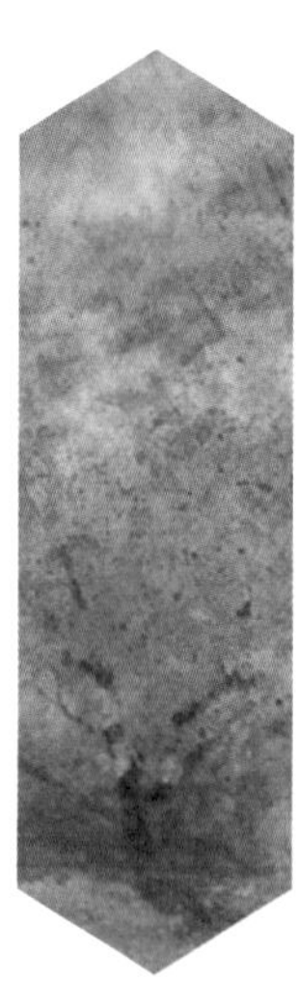

〈둘〉 사랑의 정원

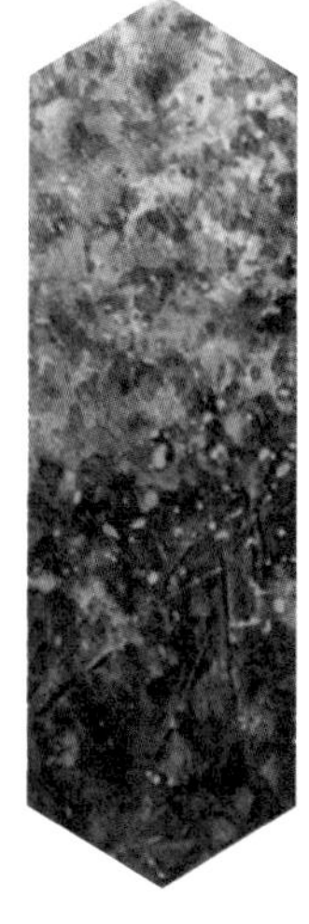

〈셋〉 길 위에서

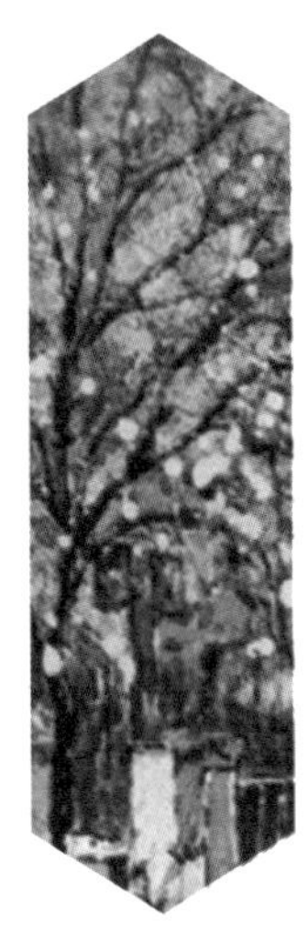

〈넷〉 골목길의 추억

〈다섯〉

과거와 현재를 잇다

〈하나〉

자연에 속한 마음

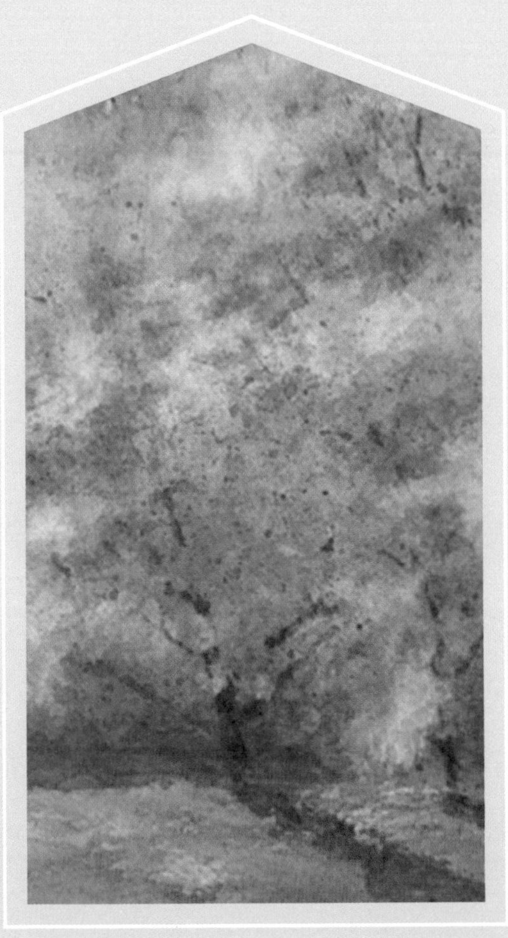

푸른 바다 저 멀리

희망과 두려움의 경계

바다는 우리 마음 깊숙이 자리한 희망과 두려움을 갈라놓는 경계다. 수평선 너머 끝없이 펼쳐진 공간은 육안의 시선이 닿을 수 없기에 무한한 꿈을 허락한다. 그러나 끝없는 가능성과 순간의 위험을 모두 품은 바다는 일상의 용기를 쉽사리 허용하지 않는다. 도전을 너그러이 받아주는 존재라면 내륙 안쪽 흐르는 강의 정체성에서 벗어나지 못할 것.

거친 위협 무릅쓰고 조각배에 싣고 가는 바다라면, 거센 파도가 쏟아내는 위험 앞에 불안감은 배가 되고, 가슴 속 희망이 소멸하게도 한다. 오른쪽의 그림은 형형색색 바다 물결이 만들어 내는 파도의 질감을 곱게 보여주지만, 망망대해 위 작은 배 갑판이 위험해 보인다. 하늘은 어두워지고 물은 점점 깊어가, 그림 속 주인공이 젓는 노는 뭍을 향한 속도가 점점 빨라진다.

폭풍전야, oil painting on canvas, 2022

타이타닉, watercolor painting, 2024

경외의 존재

눈 감고도 물길 훤한 뱃사공에게도, 바다 밑을 안방처럼 훑고 다닐 해녀에게도 바다는 호락호락한 미소를 보내지 않는다. 날마다 물을 경험한 인생이 숱한 기억을 겹겹이 쌓아도, 바다는 언제나 처음인 듯한 도전과 위험을 품는다. 정복의 대상이기를 거부하고, 경외하고 존중해야 할 존재라는 걸 바다는 늘 상기시킨다. 오만한 인생이 경계심으로 겸손을 회복할 수 있는 자연학습장인 셈이다.

왼쪽 그림 속 항공모함급 위풍당당한 배는 망망대해 거친 파도와 폭풍우를 두려워하지 않는다. 아니… 자신이 일으키는 물결과 고동이 바다 환경을 제패할 수 있다 자신한다. 타이타닉호 같이 거대한 배 여객실 내에서는 해일의 위험도 감내할 수 있게 한다. 제아무리 기세등등한 폭풍도 압도하는 위세와 규모는 여객에게 강력한 안식을 보장한다.

바다감각

햇살이 비춰 푸르러지는 빛, 바람이 일렁이게 하는 파도, 갈매기 떼 서라운드 울음소리는 뭍에서 경험해야 더 예민해지는 감각이다. 타이타닉처럼 거대한 배 속에서는 바다

무대를 읽는 감각이 무뎌질 수 있다. 뭍에서 땀을 흘려 지친 몸이 내륙 쪽의 바람 맞으며 비릿한 음향과 시각을 경험할 때 바다에 대한 동경심이 더 생겨난다.

때로 지루하고 무의미한 뭍의 삶에서 신선한 영감이 생기려면… 희망의 새 나라가 저 멀리 어딘가에 있고 언젠가 갈 수 있다는 믿음을 새겨야 한다. 육지에서 주어진 존재 의미를 찾아 열심히 살수록 바다는 손님 맞을 준비에 여념이 없어진다. 이루고 싶은 꿈과 소망이 그곳에 영원하다는 걸 알려줘야 하기 때문이다.

새 시민권

뭍에서 여정을 마칠 때 가슴 저리도록 동경하는 희망의 나라가 더 그리워진다면, 그 인생은 성공이라 말할 수 있다. 무지개구름 타고 건너갈 바다 너머 희망의 나라 시민이 될 자격이 주어지기 때문이다. 망망대해 건너가면… 먹구름 없이 펼쳐진 파란 공간과 평화로운 안식이 거친 숨과 땀의 대가로 시민에게 주어진다.

희망과 두려움의 양면성을 가진 미지의 존재 바다가 내게… 육지에서 버티고 살아갈 이유를 자꾸 던진다. 넓고 깊은 바다는 오늘도, 협소한 뭍에서 살아갈 나의 상상을 자극하고 꿈을 넓히라 격려한다.

"거칠고 좁은 육지의 삶이 답답해도 잘 살아야 해. 희망의 나라를 향해 나아가는 모든 여정이 위대하지. 네가 동경했던 푸른 바다 저 멀리 파란 희망은 영원하기 때문이야."

꽃을 그리지 않는 이유

꽃이 좌절하게 할 때

가끔 우리는 자연의 속성을 캔버스에 옮길 때, 온전한 모습을 적나라하게 드러낼 수 없다는 한계에 좌절할 때가 있다. 꽃송이를 그리는 행위를 내가 꺼리는 이유다. 꽃이 그림이 되는 순간, 그가 가진 태생적 조화와 생명력은 원래의 모습을 회복하기 어려워진다. 햇빛 받고 이슬 머금을 때 생의 한자리를 고스란히 담고 있어서 시시각각 다른 옷 입는 자태로 아름다운 게 꽃망울이다.

사실을 직설적으로 그리려 할수록 본질과 멀어지는 꽃은 작가의 맘으로 재해석한 색과 모양으로라야 자연에게 용서받을 수 있다. 오른쪽 그림은 스케치북에 잔뜩 물을 발라 wet on wet 번지기 기법으로, 숨은 꽃잎과 시든 잎사귀를 나타냈다. 유리잔은 wet on dry로 날카롭게 표현하여 생물과 극명한 대비를 노렸다.(사실 그대로의 꽃 컵은 그릴 자신이 없었다는 핑계가 맞다)

이를 모를 꽃, watercolor painting, 2024

수국, watercolor painting, 2023

변화의 미학

그림으로 옮겨진 꽃은 멈춘 상태가 되어 변화의 미학이 사라진다. 피고 지는 꽃의 순환이 만드는 생명의 소생은 정물화의 신개념을 개척한 세잔도 흉내낼 수 없다. 꽃을 꽃이라 부르는 나비와 벌이 없다면 100호 캔버스 위 백합화도 처량할 수 있다는 뜻일 것이다.

누군가 수국이 흐드러지게 핀 꽃밭에서 사진을 찍는다는 건 큰 용기가 필요하다. 작은 꽃잎이 모여 솜사탕 자태를 드러내는 수국을 조연으로 만들 인물이 있을까. 왼쪽 그림은 누군가 수국 몇 송이를 컵에 꽂아 캐비닛에 올려놓은 걸 재현했다. 괜히 했다는 생각까진 안 들어도 수국에게 괜스레 미안하다.

“니가 내 스케치북에 들어와서 존재 의미를 잃었구나”

주연배우

꽃밭에서 사진 찍는 어르신들은 문제가 될 리 없다. 화려한 젊음을 견주기 위해 찍는 게 아닌, 꽃이 좋아 카메라에 담고 싶은, 스스로 조연이 되고픈 마음이기 때문이다. 존재만으로 눈부신 광채와 향기를 지닌 철쭉은 멀리서 더 주목받아 봄

소풍 단골 메뉴다. 꽃에 가려진 모습이 억울하지 않을 이는 철쭉과 함께 찍어도 좋다. 남 잘되면 기쁘고 상대가 웃을 때 먼저 기분 좋은 사람은 맘껏 꽃밭에 들어가도 좋다. 자연의 무대를 배경으로, 내가 주인공이 되고자 한다면 그냥 꽃잎 빛깔을 즐기고 향기에 취하기만 하라. 중세 왕궁의 여왕이라도 꽃과 나란히 서 있어서는 자기 정체를 종잡을 수 없으리.

캔버스 위 객체

이제, 그림으로 그려진 꽃은 역전된 상황을 견뎌내야 한다. 너 이상 무대를 장악 못 하는 '객체'로 전락하여, 창작의 한 부분으로서 다른 오브제와의 조화 의무가 주어진다. 조물주가 부여한 본질적인 아름다움에서 멀어진 오늘 그림 속 꽃에게 고백한다.

"너는 내 망막을 타고 들어와 가슴에 맺힐 때 가장 아름다웠구나!"

나의 그림 포트폴리오에서 가장 작은 영역을 차지하는 꽃에 대한 단상을 정리하자면…

"그저 바라만 보고 있으면 좋을 신의 조화를 사각 캔버스에 가두어둔 걸 미안해하며 당분간 꽃 그릴 생각 접기"

남유럽풍

남유럽의 햇살

남부 유럽의 햇살은 돋보기로 모은 것같이 선명하고 강렬하지만 온순해서 여행 본능을 자극하는 존재다. 지중해 연안에 뿌려지는 햇살을 사랑하지 않는 생명체는 어둠 속에 갇혀 있는 박쥐 두더지밖에 없을 것. 한국의 햇살은 끈덕지고 후끈거리지만… 남부 유럽의 햇볕은 여과되지 않아, HDTV 화면을 보는 듯한 생생함으로 사물의 명시성을 높인다. 깨끗하면서도 나른하고 순결한 햇살이 유럽의 남쪽에 허락되지 않았다면 산티아고 순례길에 남아있을 이 얼마나 되려나.

지중해 흰색 담벼락

지중해 마을에 쏟아지는 햇살은 강직해서 지붕과 담벼락, 꽃과 나무에 맺히면 색감과 명암이 짙어진다. 해가 높

흰색 담벼락, watercolor painting, 2021

아질수록 강해지는 빛과 그림자의 대비는 사진 찍고 그림 그릴 때 꼭 필요한 레시피를 전한다. 왼쪽 그림은 어느 지중해 마을의 사진을 수채화로 옮겼다. 하늘은 원색적으로 푸르고 담벼락은 눈부시게 하얗다. 벽의 거친 촉감은 물 많이 머금지 않은 갈필로 물감을 펴 발랐다. 응달을 차가운 색으로 과감하게 메꾼 탓에 볕에 드러난 꽃과 그림자가 명백하게 살아 있다.

남부 유럽에 산다는 것

남부 유럽 지중해 마을에 산다는 건 사시사철 맑고 좋은 날씨를 누린다는 뜻. 자연이 축복이 된 기후는 남쪽 유럽인의 여유롭다 못해 게으른 품성에 일조했다. 지중해 연안의 이름 모를 작은 마을은 현대적 디지털 기기와 5G 인터넷이 부적절해 보인다. 관광객과 문명의 노출은 유행에 대한 과다한 수요를 만들어 원래의 일상을 빼앗기는 풍조가 이곳에도 예외가 아니다.

가나안 축복

먼 옛날 이스라엘 민족이 언약을 따라 가나안 땅을 향해 갔을 당시 지중해는 자연이 만들어 주는 요새를 누릴 수 있었다. 먹거리가 간단하고 소박해서 필요한 열량만 제공하는 식단이 고맙고, 절기마다 다르게 불어오는 해양풍이 시간을 즐기는 버릇을 만든다. 지중해 환경은 수채화 하는 이들에게 붓과 물감을 부른다.

남유럽 옛 골목, watercolor painting, 2021

왼쪽 그림은 Michael Solovyev라는 이름난 수채화 화가의 그림에서 영감을 받아 그린 그림이다. 남부 유럽의 한적한 오후 햇살이 짙은 그림자를 만드는 옛 골목을 묘사했다. 마이클의 그림은 화사하고 밝은 데 비해 이 그림은 레트로 감성을 더 살렸다. 오른쪽의 건물 귀퉁이는 직각으로 묘사하여 과감한 어둠을 입혀서 입체감이 더해졌다. 남부 유럽풍의 햇살과 기후, 그런 조건이 만드는 문화적 배경이 그림 속에 살아나는 것 같아 작가는 만족한다.

남유럽이 부럽지 않을 이유

글로벌 시대의 한복판에서… 하늘 아래에 사는 이들이 각자의 환경을 벗어나는 것 같아도 꼭 그렇지 않다. 지중해를 낀 남부 유럽풍의 빛과 그림자는 본능적 자연현상을 지나 지역의 문화, 생활 방식, 예술적 감각을 향해 영역을 확장한다. 끈덕지고 후끈한 햇살을 견뎌야 할 우리는 변덕스런 자연환경을 가졌기에 땀 흘리고, 꾸준한 땀이 흐르기에 게으른 본성을 거스를 수 있다. 회복탄력성이 높아야 진취적일 수 있는 우리는 사계절 온순한 날을 즐기는 남부 유럽을 부러워할 필요 없다.

달빛 밤 벚꽃

꽃이 빛나는 밤

남녀노소 누구나 꽃을 좋아하는 이유는 줄곧 변하는 자연의 모습을 중단 없이 보여주기 때문. 여름은 여름이라서 화려한 꽃이 좋고 가을 하늘이 배경이면 수국이 흐트러진 풍경이 좋다. 때로 화려히 폈다 지는 변덕스런 우리 마음을 투영해서 꽃은 친근하다. 내게 좋은 꽃을 꼽으라면 휜한 달빛 받으며 만개한 화려한 벚꽃이라 할 것. 맑은 밤하늘 별빛과 달빛 받아 빛 잔치 벌이는 벚꽃은 나른한 잠을 잊게 한다. 꽃을 보는 부류는 여럿으로 나뉜다. 관찰자, 구경꾼, 방관자. 하지만 달빛 휘황찬란 밤 벚꽃은 어떤 이도 방관자로 남길 리 없다.

오른쪽 그림처럼 달빛이 왼쪽에 자리를 차지하고 약간의 북동풍이 불면 꽃잎이 밤의 자연 빛을 흩날리기에 안성맞춤이다. 꽃이 수북할수록 달그림자는 짙어지고 더 화려하면 흩날리는 잎이 빛의 향연을 돋군다. 화려한 꽃일수록 향

밤 벚꽃축제, watercolor painting, 2021

기가 없다 해서 벚꽃도 향이 없는 걸까? 분홍에 어울리는 향기마저 있으면 봄꽃에 너무 많은 걸 줬다는 불평이 생길까 조물주가 우려했기 때문일까.

한낮의 벚꽃

미세 먼지 없는 한낮에는 벚꽃이 자체 발광을 한다. 하늘이 파랗고 해가 눈부신 날에는 꽃의 채도가 더 선명해진다.

하지만 그 빛깔은 차라리 밤의 화려함에 비해 평범한 듯하다. 해 질 녘에는 한낮 가시광선 잔뜩 머금은 꽃잎이 점점 더 활력을 얻어 가늘게 늘어진 햇빛을 압도해버린다. 마치 자신이 주도할 시간이 오고 있음을 알리려는 듯… 꽃송이가 늘어날수록 자신감 가득한 벚꽃은 시간 따라 조명 따라 자기 매력을 유감없이 발산한다.

다음 그림에는 기운이 벅차오르는 정오쯤의 벚꽃 잎이 가득하다. 누군가 이 그림을 보고 솜이불이 펼쳐진 것 같다고 했다. 한낮의 벚꽃은 뽀송뽀송 차올랐을 때 그 정체성이 확실히 드러난다.

화려함이 지는 때

그러다가… 벚꽃의 개체수가 극에 달하고 화려함이 절정에 치닫는 순간, 이제 그 운명은 쇠락의 길을 걷는다. 60을 지나 기운 없어지고 인생의 바통을 새 세대에 넘겨주는 인생처럼 가장 화려한 그때… 생체 시계 12시를 넘기기 시작할 때 자신감 뿜뿜 분출하던 위세가 하나 둘 떨어지기 시작한다. 향기라도 있으면 떨어져 짓밟혀도 추락의 속도를 늦출 수 있을텐데….

오후의 벚꽃길, watercolor painting, 2024

옛적부터 우리는 인생의 덧없음, 허무함을 꽃에 비유했고 벚꽃이 그 가장자리에 있다. 제일 아름다울 때 끝을 향하는 때임을 알리는 벚꽃은 허무한 아름다움의 메타포를 일깨운다. 한편으로는, 언제 끝이 날지 모르는 한창의 순간을 소중히 여기라는, 화려함의 극치를 최대한 즐기라는 메시지로 들리기도 한다.

지속되는 풍요

그러나 우리는 기억할 게 하나 있다. 어느 한 날 백만 송이 꽃을 피워내기 위해 모든 에너지를 발산해 순간의 화려한 아름다움을 뿜어냄이 중요할지라도, 여러 날 동안 지긋한 풍요를 누리기 위해 에너지의 분산이 필요하다는 걸…. 모든 에너지를 소진해 순간의 화려함을 보이는 때, 그날 그 시에 내 곁을 지나는 사람은 많지 않다. 매 순간 나의 살아있음을 알리고 많은 이에게 도움 되기 위해서는 에너지의 최대공약수가 필요하다. 꽃이 떨어지고 짓밟혀도 때로는 퍼져나갈 향기를 준비해두는 게 옳다.

달빛 아래 환상적인 빛의 축제로, 해가 눈부신 날 화사한 빛으로 다가오는 벚꽃은 화려함의 효용이 꽃과 함께 진다. 아름다운 인생의 허무함은 벚꽃과는 달라야 한다. 우리는 일 년 열두 달 피고 지고… 어느 때는 안간힘 피워 만개하고, 겸손하다가 은은한 향기 죽어서도 날려 보내야 한다.

점차 커가는 행복이 시나브로 찾아올지 모른다.

생각연필 마음물감

언어의 한계

생각과 감정이 언어가 되면 정확한 표현이 어려워질 때가 종종 있다. 혀로 표현되는 순간 광활한 생각은 자음 모음에 갇히고 만다. 느낌과 감정이 말로 표현될 때 깊이와 넓이가 구강의 영역을 넘지 못한다. 예술 하는 이들은 말보다 효과적인 도구로 생각을 전하고 느낌을 표현하는 이들이다. 원고지에 글을 쓸 때는 연필 깎으며… 타자할 때는 자판을 두드리다가 생각이 다듬어진다. 글 쓰고 그림 그리면 연필과 물감이 날 이해하고 탐색하는 데 기막히게 활약한다.

글쓰기는 몽당연필이다. 연필 깎으며 제목 구상하고 서론을 세우고서… 사각사각 심이 닳아갈 때 생각이 날카로워진다. 공상을 할 때, 말을 늘어놓을 때 혼란스럽던 생각이 종이를 만나 미로를 탈출한다. 생각이 활자가 되고 문단을 이룰 때 생각이 생각을 더해 정리하고, 큰 사상이 생겨난다. 느낌이 연필을 만나 종이에서 구조화되고 윤곽은 분

갈색 들녘, urban sketch, 2024

아열대, urban sketch, 2023

명해진다. 삐뚤빼뚤 선이 곧아지는 것처럼….

그림_느낌과 감정의 언어

위 그림은 모두 상상화다. 시골 풍경 그림이 가장 그리기가 쉬워 자주 그린다. 느낌대로 선을 긋고 마음이 가는 대로 색을 칠해 하나밖에 없는 마을 풍경이 탄생한다. 그림 그리기는 마음을 물감으로 뿌리는 행위다. 그림은 말로 글로도 표현하기 힘든 느낌과 마음을 시각 언어로 번역한다. 색채, 선 굵기, 질감은 목소리 톤과 주파수가 되고 자음과 모음 역할까지 한다. 대화 속 미궁이던 내면세계가 밝혀진다.

그림에 열중하면 '내가 나를 몰랐다'라는 핑계는 더는 핑계로 머물지 않는다. 몰랐던 내면의 단층을 하나하나 발견하며 정체성이 채워진다. 위 그림에 입혀진 코발트 터콰이즈, 세룰리안블루, 옐로우오커, 울트라마린블루, 비리디안, 라벤더, 로즈마더는 풍경화를 그릴 때마다 찾아서 쓰는 단골이다. 원색적 강렬함보다 마일드한 은근함을 추구하는 본성이 숨어있다고나 할까…. 타인에게 직설적인 표현 못하는 성향은 캔버스 위에 고스란히 나타난다.

뒷모습 그릴 이유

캔버스에 사람을 그리면 여지없이 뒷모습을 묘사하는 건 정상이 아닐까? 앞모습은 더 어렵고 원거리 얼굴 표정을 나타내기 까다로운 것도 있겠지만… 뒷모습이 왠지 더 넓고 깊숙한 의미로 다가오는 건 나만의 감각인지 모르겠다. '열 길 물속은 알아도 사람 속은 모른다'라는 속담은 얼굴 표정에서도 유래를 찾을 수 있을 것만 같다. 기쁘고 슬프고 고맙고 싫고 재밌고 괴로운 생각을 표정 하나로 어찌 나타낼 수 있겠는가. 만감이 교차하는 표정을 읽어낼 재간이 우리에겐 없다. 뒷모습 어깨가 오히려 그 심정을 더 풍부하게 전달할 때가 많다. 뒷모습 그리길 좋아하는 이유 중 하나다.

펜 & 물감 찬양

연필과 키보드 자판은 언어가 생각을 지우지 못하게 하는 도구다. 생각이 말이 되는 순간 뇌의 언어 영역이 일부 지워지기 때문에 없어진 영역을 채우기 위해 등장하는 연필이 고맙다. 팔레트에 물감을 짜고 섞어 캔버스에 입힐 때까지 머릿속에 머물렀던 느낌과 감정이 붓놀림을 통해 가슴에서 맺힌다. 화폭에 옮겨진 마음 언어는 타인의 시각을 타고 감정이입을 통해 말보다 넓게 공감할 수 있다. 말을 제아무리 잘 구사해도 구조화된 생각이 허공에 머물 때… 높은 신념과 사상을 창조하고 감정의 선순환을 일으키는 펜과 물감이 의사소통의 챔피언이다.

바다 그리고 나

밀물처럼 차오르고 썰물처럼 씻겨

바다는 조물주가 만든 웅장하고 신비한 대표 크리어처다. 끝없는 수평선과 해안선은 시선의 상상력을 높이고, 서 있는 자의 겸손을 깨운다. 아래 그림은 해 질 무렵 노오란 빛이 길게 느리워진 해안선에서, 연인이 손잡고 일렁이는 파도를 밟으며 달콤한 속삭임을 나누는 순간이다(상상으로 그렸는데 데자뷔처럼 느껴진다). 바다는 관계의 질과 양을 확장한다. 바닷소리 따라 달려오기 전에 메말랐던 소통의 수준이 깊어진다. 요동치는 파도처럼 언어와 사상이 밀물처럼 차오르고 썰물처럼 주고받기에….

받아주는 바다

바다는 인간이 흘려보낸 거 다 받아들인다. 플라스틱, 화학 물질, 우리 슬픔과 기쁨까지도 마다하지 않는다. 광대한

바다와 나, watercolor painting, 2021

물웅덩이는 무얼 맞든지 일희일비하지 않는다. 불평하지 않기에 마음 놓고 흘려보내는 인간은 바다가 늘 그립다. 인내와 포용의 의미가 무엇인지 가르쳐주는 바다를 엄마 품처럼 감격하며 맞이한다.

해가 뜨고 지고 달이 차고 기울 때 모든 것이 변하고 순환하는 속성은 거대한 물결이 보여줄 수 있는 최고의 매력이라 할 것. 아래 그림에서처럼 수많은 색깔과 크기의 물결은 해안선을 바꾸며 아무도 모르게 새 생명을 낳는다. 완전한 생태계를 저 혼자 책임질 수 있기에 바다는 믿음직하다. 수많은 개체가 물속에서 자기 언어가 통하는 세계를 이룬다. 대륙붕이 무한정 제공하는 자원을 누리고, 서로 의존하기에 그 세계는 끝없다. 물과 빛과 산소와 생명체의 공존은 조화와 균형의 의미를 깨운다.

융합하고 반응하는 바다

바다의 위대함은 커다랗다고, 깊다고 해서만 그 뜻이 통하지 않는다. 해가 뜨면 빛을 비추고, 구름 덮으면 어둠을 품고, 바람이 일면 물결이 이는… 반응과 융합의 화신이라는 점을 인정해줘야 한다. 아래 그림에서 햇빛과 노란 구름, 노 젓는 배의 깃발과 빛바랜 밧줄이 형형색색의 색감이 되어 파도에 녹아들었다. 바다 빛은 그래서 36색 물감으로 표현이 가능하다. 수많은 이가 같은 바다를 그리고 또 그려도 쌍둥이 그림이 나오지 않고, 그래서 질릴 이유가 없다.

바다에 비추는 빛깔은 바라보는 시선의 색을 투영한다.

공존, oil painging on canvas, 2022

맑고 밝은 희망이 파랗게… 회한과 후회의 슬픔이 노오랗게… 뜨겁게 타오르는 열정은 빨갛게 바다 물통에 퍼진다. 해안선에 서면 색의 용광로 같은 물결을 보며 삶을 지속할 힘과 영감이 살아난다. 친밀하게 반응하는 파도가 자아와 이상을 서로 화해하게 하고, 인내와 이해의 지평을 넓힌다.

유리바다_마법의 거울

이른 아침에 펼쳐지는 유리바다의 황홀은 삶을 반영하는 파노라마 같은 거울로 여기면 된다. 끝없이 변하고, 새 삶을 탄생시키며, 영원한 순환을 나타내는 마법의 거울…. 바다의 품격은 그래서 인생이 살아가는 굴곡과 한 번도 경험 못 한 순간을 수용할 수 있는 용기를 준다. 수평선 너머 미지에 대한 배움을 찾도록… 넓고 높은 시야로 사물을 바라보게 할 피안이라 생각해도 반갑다.

어느 날 나는 겨울 바다에 가서 깊음이 주는, 넓음이 허락하는 교훈을 온전히 새기고 싶다. 도시민의 소음과 분주함이 해안선의 가르침을 파묻지 않도록, 눈이 오는 추운 겨울, 파도 소리를 찾아 여행하라. 무한한 가능성과 사랑, 포용과 이해의 끈기를 생생히 되새기려면….

색연필 예찬

좋은 색을 대하는 습관

색연필을 쓰는 사람 중에 좋아하는 색을 포지티브 마인드로 접근하는 사람이 있는가 하면 네거티브 태도로 대하는 사람이 있다. 어떤 색연필 통에는 좋아하는 연필만 몽당연필로 되어 있다. 어떤 사람은 좋아하는 색연필은 아껴 쓰느라 늘 새것이다. 나 어릴 때 보라와 초록처럼…. 좋아하는 색으로 멋진 그림을 그리려면 색을 아낄 필요는 없다. 닳아 없어져 새것을 사더라도 펼쳐내야 옳다.

오른쪽 그림은 만년필로 스케치하고서 색연필로 색을 입힌 연하장이다. 정물보다도 자연 풍경을 좋아하는 나의 색연필은 노랑, 초록, 연두, 남색이 빨리 닳아 없어진다. 정물 그림은 가끔씩 내 부정적 마음 상태를 투영하기도 하지만 자연풍경은 늘 언제나 그 자리다. 보고 또 봐도 질리지 않는 자연의 힘이다. 울긋불긋 예쁜 지붕과 다양한 개체의 나

색연필 연하장, urban sketch, 2023

무숲이 어우러진 연하장이 오래 가게 하기 위해, 나는 얼마 전 코팅기까지 장만했다.

창의력 부르는 화구

물감이 못 하는 부분을 감당하는 색연필이 때로는 대견하다. 코흘리개 아이의 고사리 같은 손에도 어울리고, 붓 놀릴 힘 없는 할머니한테도 훌륭한 미술도구가 된다. 창의

력의 문을 활짝 열어주기 위해 가까이에서 손쉽게 색을 고를 수 있게 해주는 필기구 세상의 마법 같은 버전이다.

걷다가, 차를 타고 가다가, 카페에서 바로 꺼내 끄적이면 그걸로 끝이다. 흔하디흔한 수채화도 준비하고 정리하는 게 반이다. 물감, 팔레트, 물통, 붓, 스케치북 준비는 번거로워 한두 번으로 족하다 할 이 많을 것. 실시간 창작의 도구로 존재하는 색연필은 그래서 남녀노소, 세대를 아우르는 소통의 수단이라 하면 과장일까?

느낌을 해석하는 매개체

두 번째 그림은 스테○○라는 어반스케치 전용 펜으로 스케치하고 색연필을 입힌 상상 풍경화다. 내 마음이 향하는 전원 풍경을 마음 내키는 대로 그리고 손이 가는 대로 하늘과 산과 들, 강을 스케치북에 펼쳐 놓았다. 전원주택의 지붕은 하늘색, 분홍색을 섞은 파스텔톤으로 입혀 비현실적으로 표현하고, 뒷산은 파랑을 강조해 꿈을 품은 모습을 의도했다. 여건이 허락되면 풍광 좋은 데 이런 전원주택 하나 장만하는 게 나만의 소박한 꿈은 아닐 것. 도시 근교에 이만한 공간을 찾는 게 무모하겠지만, B5 스케치북 안에서는

내 마음속 풍경, urban sketch, 2023

열 번이고 스무 번이고 색연필을 재료 삼아 나만의 공간을 만들어낼 수 있다.

갑자기 떠오른 상상화를 즉석에서 떠받쳐 주는 도구는 펜과 색연필만 한 게 없다. 장소 옮겨 미술도구 다 챙겨 스케치하고, 물감 고르다가 모든 감성과 창작력이 소멸하고 말 것이기 때문.

치유하고 소통하는 위력

어릴 적부터 알아 왔던 색연필의 위력을 이렇게 정리해 보면 어떨까.

"하나, 누구에게나 무한한 창작력을 돋구는 것"

언제든지 친구처럼 꺼내 감정과 생각을 그어낼 수 있기 때문

"둘, 돈 들이지 않는 마음 치유의 수단"

색칠하며 공상하고 명상하다가 시름 걱정을 잊을 수 있기 때문. 치매 노인은 지워져 가는 뇌 영역을 좋아하는 색으로 채울 수도 있을 것.

"셋, 자신과의, 자연과의, 세상과의 소통 매개체"

말로 다 할 수 없는 이야기를 색 언어로 표현할 수 있는 도구는 솔직한 소통과 대화의 영역을 넓혀준다.

색을 긋는 동안 우리는 표현의 자유와 창작의 발산을 경험한다. 우리 모두 각자의 내면을 탐험하고 공유하게 해주는 색연필의 속성을 곰곰이 생각해보며 오늘에서야 그 위력을 칭찬한다.

노을_하늘진통제

노을에 숨겨진 색

아래 그림 속 하늘이 온통 붉게 물들었다. 꿈에서나 가능할 법하게 세상이 비현실적인 방법으로 빨갛게 피어났다. 화폭의 반 이상이 회색에서 보랏빛 그라데이션이다. 강렬한 태양 빛이 좋아 내 캔버스에는 노을 그림이 자리를 많이 차지한다. 아래 그림을 보고 있을 누군가에게 묻는다.

"노을 그림에서 어떤 색깔이 보이는가?"

초등학교 시절에 그리는 노을이라면 주황 단색이었겠지만 아래 그림에는 자그마치 버밀리언, 퍼머넌트 오렌지, 오페라, 스칼릿, 번트엄버, 크림슨 레이크, 울트라마린 등 수많은 물감이 녹아있다. 보는 이에 따라 다른 색으로 해석이 가능하다는 뜻이기도 하다.

바다 노을, watercolor painting, 2024

다양한 색이 주는 의미

노을은 자연이 만든 변화의 상징이다. 핏빛, 노랑, 분홍의 빛깔은 마음에 따라 하나의 색이 도드라지기도 하고 서로 경계가 무너지기도 한다. 마음이 해석하는 색상의 조화는 노을 계에 시시각각 필요한 존재다.

혈색이 보인다면 열정과 강렬함이 마음을 지배하고 있다는 뜻이다. 때론 생명의 활력, 위기의 때는 장엄한 종말을

18시 00분, watercolor painting, 2021

나타낼 것이다. 가슴에 희망이 벅차오른다면 노랑이 도드라질 것이며, 그 빛은 고난 속 긍정을 약속한다. 분홍을 발견했다면 온유와 평화의 마음일 가능성이 크고, 사랑의 감정은 좋은 결과를 보장한다.

새벽노을을 사랑할 근거

잠에서 덜 깨 비몽사몽이라면 창문 열고 새벽노을을 보아야 한다. 깃털 구름 있는 하늘이면 더 좋다. 깃털을 태우듯 강력한 붉은 빛이 정신을 깨우고 각오를 새롭게 한다. 상쾌한 희망으로 새 하루를 시작한다는 건 대체 불가능한 새벽노을의 장점이다.

저녁노을_피로 강장제

피곤하고 마음이 지친 날엔 저녁노을이 하늘을 덮어야 옳다. 하루를 불평으로 마무리하지 않으려면 오렌지색 평화가 제격이다. 서쪽 하늘에 활활 타오르는 광경을 보는 불멍이 자연이 허락한 휴식과 반성의 찬스다. 하늘 향해 불멍할 때는 외쳐라.

저녁노을, watercolor painting, 2023

"이글거리듯 춤추는 노을은 모든 불안과 근심을 태워버려라"

오늘 내 맘이 먹구름으로 잔뜩 흐리다면 붉은빛이 가득한 석양에 눈을 돌려야 한다. 어둠 대신 빛을 바라기 위해… 밤새 저기압이 물러가고 내일은 맑을 거라 약속하는 고마운 빛으로 향하기 위해….

눈밭에 쌓이는 희망

눈이 좋은 동심

아직 흰 눈을 좋아라 하는 날 아내가 처량하게 본다. 철없는 건지 감수성이 예민한 건지는 모르겠다. 세월 가도 함박눈 내리는 하늘을 사랑하고 창문 밖 눈발 날리는 모습에 설렌다. 어느 날 소리 없이 내리는 깃털 같은 왕눈은 감성을 자극해 옛 추억을 소환하고 모든 감각이 30년 전으로 돌아간다.

오른쪽 그림에 나오는 커플은 함박눈이 쌓인 눈 위에서 "폴짝" 설정 샷을 찍었겠지만, 눈을 사랑하는 사람이라면 누구든지 눈밭 위에서 하늘 높이 오르고자 하는 욕망이 있다. 남들 시선 때문에 단념할 뿐 마음속에는 열두 번도 더 발을 구른다. 팔짝팔짝… 땅이 닿기 전 기쁨의 순간을 영속시키려는 본능은 눈밭에서나 일상생활에서나 똑같다. 사진에서나마 그 욕구는 명료해지지만….

눈밭 위 동심, watercolor painting, 2023

새하얀 축복

학창 시절 수업 중 누군가 "눈이다!"라고 외치면 선생님, 학생 할 거 없이 모든 눈이 창밖으로 쏠린다. 함박눈이 펑펑 내리기라도 하면 수업은 그것으로 끝이다. 선생님의 십팔번 이야기나 아이들 장기자랑은 일기예보에 없던 눈발이 가져다주는 축복.

집에 있는 작은 테라스는 숨어 즐기기에 딱이다. 파라솔과 에어컨 실외기를 잘만 활용하면 엄폐 은폐가 용이하기 때문. 시원한 소낙비 내릴 때는 열탕에 담갔다가 나가서 자연 샤워를 하거나, 눈이 쌓였을 때는 대자로 누워 있기 일쑤다. 누가 보면 미쳤다고 할 게 뻔하지만 들키지 않는 자만 누리는 행복이다.

"나는 자유인이다"

"다 잊어버리자. 오늘만은…"

좁은 하늘 향해 외칠 수 있는 자유 행복….

흘러내린 후유증

순백색 하얀 결정체가 온 세상을 덮으려면 10cm 이상 쌓여야 한다. 소복이 쌓인 눈이 고마운 이유는,

"잘사는 동네 못사는 동네 평등하게 덮고,"

"지저분한 거 냄새나는 거 꼭꼭 숨기고"

"높은 거 낮은 거 완만하게 메워주는 존재"

쌓인 눈이 20cm 이상은 되어 보이는 오늘 사진들 속 눈은 본질에 충실한 자기 사명을 다한 셈이다.

높이 쌓인 눈은 구정물로 흘러 오랜 후유증을 초래한다. 여름 장대비는 씻고 닦아내어 깨끗한 형체를 남기지만 무겁게 내린 눈은 일주일 동안 회색 자취를 남긴다. 볼 때만 즐겁다는 불평을 이겨야 하는 존재는 그래서 억울하다. 아름다운 꽃일수록 지고 나면 쓸쓸하고 눈이 부실수록 세월의 흔적이 아쉽다지만… 하얀 눈이 견뎌야 할 평가는 인색할 뿐이다.

눈밭 산행, watercolor painting, 2021

새눈을 기대하며

위 사진 속 고요한 산길 수북이 쌓인 눈밭의 발자국이 들쑥날쑥이다. 눈의 무게를 이기지 못해 떨구어낸 전나무의 소행인지 모르겠다. 곱게 쌓여진 눈 이불을 망치기 싫은 게 다 내 맘 같을까? 곱게 쌓이면 제아무리 살살 걸어도 어찌할 수 없는 흔적. 자국 없는 눈을 보려면 앞만 보고 가는 수밖에…. 흘러내린 결과물에 실망하지 않으려면 새눈을 기대하는 수밖에 없다.

"깊게 팬 흔적 잊고서 앞만 향해 가자. 하얀 눈처럼…"

"결과는 어떨지라도 새로움을 기대하자. 함박눈처럼…"

첫눈의 색

첫눈이 가져다주는 흥분

첫눈 올지 모른다는 소식이 들릴 때는 기대감이 생겨나고, 눈발 날리기 시작할 때는 설레었다가, 쌓이기 시작할 때는 마음이 흥분된다. 첫눈이 싸라기눈이어서는 안된다. 함박눈이어야 소복소복 첫눈을 배경으로 시를 쓰고 그림을 그릴 수 있기 때문이다.

함박눈이 첫눈으로 오면 아침에서 저녁이 되면서 쌓이는 소리가 바뀐다.

"소복 소복, 사박 사박, 사각 사각"

아래 그림에서는 눈 좋아하는 여인이 장을 보러 간다는 핑계로 먼 길 돌아 눈 구경하는 모습을 묘사했다. 예쁜 눈의 유통기한이 지남에 따라 눈 밟는 소리는 바뀐다.

"파삭파삭, 뽀드득뽀드득, 빠지직빠지직"

첫눈 내린 날, urban sketch, 2023

흘러내리는 아름다움

새벽에 내리는 눈이라면 눈부신 겨울왕국을 기대할 수 있다. 날 밝으면 푹신푹신 고요한 나라를 누릴 수 있기 때문이다. 하늘이 맑아진다면 눈이 햇살 받아 반짝일 때 모든 사물이 분간 없이 순백색 거울로 바뀐다. 낮 기온이 올라가면 결정체가 깨지는 소리가 자연의 음악처럼, 겨울의 시작을 알리는 첫 번째 멜로디가 된다.

눈 온 뒤, watercolor painting, 2022

눈이 설레는 건 잠시뿐이다. 출근길 바빠지고 차량의 흐름도 가빠지면 하얀 수채화는 점점 둔탁해진다. 넘어지지 않으려 새 눈만 밟으려는 걸음걸이와 차량의 매연이 더해지면서, 한가하고 깨끗했던 모습은 분주한 도시의 소음과 번잡한 색깔에 자리를 내어준다. 여러 모양의 발자국이 쌓이고 햇볕이 중첩할수록 회색은 더 짙어지고 꼿꼿이 섰던 눈사람이 물을 흘려 추한 몰골로 변해간다. 위 그림처럼 비포장도로라면 쌓인 눈에 가리워진 민낯은 여지없이 드러난다.

첫눈 기다리는 마음

첫눈은 많아봤자 5mm…. 외부세력으로 인해 변화의 과정을 거치며, 다양한 겨울 얼굴을 보여준다. 순수함과 맑음이 일상의 소음과 혼란 속으로 서서히 사라져간다. 그렇더라도 눈의 매력은 마음과 기억의 영역에 여전히 자리한다. 겨울을 알리는 자명종을 듣고 의미를 부여하는 존재가 소소한 기쁨을 누린다. 첫눈이 쌓이면 젊은 커플의 맘에 불가능할 게 없다는 듯 도파민이 쌓인다. 그 마음같이 잠시나마 맑은 아름다움이 가득 찬 세상을 우리는 그리워해야 한다.

잠시만 기쁨을 주는 눈이더라도 우리는 기다려야 한다.

많아봤자 5mm라 맑다가 지저분해져도….

하얀빛이 거무튀튀 짙은 회색으로 변해도….

소복소복 예쁜 소리가 사각사각으로 깨져 나가도….

반복되는 눈이더라도, 더러워진 겉모습을 감추기 위해서도, 억눌렸던 희망을 새롭게 하기 위해서도 우리는 첫눈을 기다려야만 한다.

〈둘〉

사랑의 정원

사랑의 담벼락

경계의 미학

담벼락은 단순 구조물이 아니다. 물리적인 경계가 확장되어 사회적, 심리적 장벽을 형성하다가 어느 때는 소통의 장이 된다. 때때로 사랑의 담벼락, 높고 견고한 담벼락, 무서운 담벼락, 낮고 겸손한 담벼락의 모습은 울타리를 두른 이의 마음을 탐구하면 뚜렷해진다.

"꽃길만 걸으세요"라고 할 때의 꽃길은 담장이 꽃으로 둘러쳐져야 완성된다. 오른쪽 그림은 유럽의 어느 석조구조물을 휘감고 있는 꽃 넝쿨이 안내하는 돌길을 묘사했다. 하늘 꽃밭을 이고 걷는 돌담길은 꿈엔들 잊을 리 없는 추억의 발걸음이 될 수 있다. 눈부시게 아름다운 담벼락을 두고 걷는다면 침을 뱉거나 강아지 소변 지리는 일마저 경계할 테다. 사랑이 오가는 정든 담벼락은 언제든 생겨날 수 있다.

하늘 꽃정원, watercolor painting, 2023

감정 연결 매체

사랑의 담벼락에서는 꼰대 아저씨 감정 소통이 가능해져 걷는 동안 서로의 맘을 녹일 수 있다. 높고 견고한 담벼락은 까치발도 허용치 않는 견고함으로 외부 위협을 차단하는 데만 바쁘다. 경계의 시선이 담긴 마음의 울타리가 두려움과 격리의 구조물 때문에 높아진다. 그러다가 스스로 만든 억압과 감시의 담벼락이 교도소 담장처럼 자아가 도망치지 못하게도 한다.

낮고 겸손한 담벼락은 발길이 접근하는 걸 반가워한다. 이러한 담벼락은 방어의 기능이 아닌 경계를 풀고 관심을 끄는 데 소임을 다한다. 오른쪽 그림은 어릴 적 외갓집을 연상하며 호박 넝쿨이 담을 만든 초가집을 묘사했다. 담이라고 할 수 없는 꽃담이기에 행여나 문전박대당할까 물 한 잔 요청 주저 않는다. 낮은 울타리가 부드럽게 환영해 상호작용을 장려한다. CCTV가 없을 때 담장 위 철조망, 깨진 병 조각이 마음 눈을 찔렀지만, 가시 없는 담벼락이 이제 소통 프로젝트를 촉구한다.

호박꽃 울타리, waterclor painting, 2020

지푸라기 울타리

마음 울타리는 지푸라기로 만들어야 옳다. 여리고 취약한 것 같으나 발길이 머무는 곳에서는 구부리고 짓밟아 한자리 내어줄 수 있기 때문. 지풀 사이로 보이고 들리는 마음의 자취가 때로 탐욕으로 악취를 풍길 때는 짚 섬을 불로 태워야 하리. 마음이 닫는 관계의 소통이 더 얽히기 전 맑고 투명한 시야를 확보하기 위해서라도 남김없이 태워야 하니까.

구조물이 만든 담벼락은 그 자체로 사회와 심리를 대변하기에, 담벼락에 아름다움을 치장하기 위해 우리는 하늘에 꽃 정원을 올리고 꽃 넝쿨로 벽돌을 대신해야 한다. 울타리는 세울 때 소임을 자처하는 게 아니라 드러내고 치장할 때 그 정체가 위대하게 드러나기 때문이다.

남과 여

영화 속 남과 여

"꼬메노 봐다다다다 노꽈니 봐다다다다…" 내 귀에 익숙한 이 노래 가사의 곡명이 무엇인지 궁금해서 유튜브에 검색해봤다. 가사를 당연히 모르니 흥얼거리면 찾아주는 검색툴을 활용했다. 1966년 프랑스에서 개봉한 영화 〈남과 여〉는 영화보다도 OST로 유명해졌다. 주제곡으로 인해 영화를 알게 된 많은 이들 중에 나 또한 속해 있다. 클로드 를르슈 감독이 연출한 영화의 주인공은 혼자가 된 남자와 여자의 사랑을 감미롭게 다룬다.

작가이자 두 아이의 엄마인 앤느의 남편은 촬영 중 사고로 세상을 등졌고 카레이서인 장 루이의 아내는 자살로 생을 마감했다. 자녀를 같은 기숙학교에 보낸 둘은 서로 알게 된 후 우정과 사랑을 발전시켜 나간다. 흑백과 컬러 화면의 교차는 미묘한 관계와 섬세한 감정변화를 시적으로 표현한다. 그리고 아름다운 멜로디가 감정이입을 고조시킨다.

한국적 남녀

한국적 정서에서 보면, 앤느와 장 루이의 만남은 일상의 소소한 감정이 가랑비에 옷 젖듯 애정으로 발전하는 단계를 보여준다. 전통적 한국 사회에서 남녀의 관계는 우정과 사랑의 경계를 오가는 듯 애매하다. 오른쪽 그림은 젊은 남녀커플의 첩첩산중 절경이 한눈에 바라보이는 등성이에서 은근하지만 정밀해 보이는 관계를 묘사한다. 둘은 아무 말도 안 하지만, 뒷모습을 통해 수없이 많은 말들이 오고 감을 우리는 눈으로 듣는다.

사랑 없는 질투

앤느와 장 루이처럼 서로의 아픔을 이해하고 공감하는 이들은 깊은 우정을 키울 수 있다. 우정이 깊어질수록 때로 사랑 없이도 질투가 생길 수 있을까? 사랑이 선행되지 않는 질투는 집착이다. 질투하지 않는다면 사랑이 아닐 수 있다. 사랑과 우정의 경계가 모호해질 때 시나브로 발생하는

첩첩산중, watercolor painting, 2022

감정의 하나가 질투다. 소유욕에서 비롯된 질투는 상처를 남기지만 사랑이 일으키는 질투는 성숙을 낳는다.

질투 없는 사랑은 우정일까? 한국 사회에서 독특한 '정(情)'이란… 질투의 감정 없이, 관심 갖고 애정을 확산하는 정서라고 하면 어떨까? 시간이 지나면서 겹겹이 쌓이는 감정이 '정'이라 한다면, 때로 단기적인 사랑보다 더 강력한 구심력을 가지게 될 감정이다. 관계가 깊어질수록 정은 성숙한 사랑에 불을 지핀다. 젊은 남녀가 막 결혼했을 때 에로스를 지나, 친구 간의 사랑 필리아가 더해져 아가페로 완성되어 간다.

노부부 사랑

오른쪽 그림은 한평생을 함께해온 부부가 볕 좋은 삼청동길을 걷고 있는 모습이다. 이들 손목처럼 앙상해진 나뭇가지를 보면 겨울이 틀림없지만, 노부부의 걸음걸이는 봄에서 여름으로 진행한다. 그림 중간의 돌다리 밑 담벼락에는 나이 든 커플이 키스하는 벽화가 그려져 있고 "We are young"이라는 문구가 적혀 있다. 손에 손을 맞잡은 부부는 에로스와 필리아, 아가페의 사랑을 모두 지녔기에 "We are grown up but still young"이라 외칠 수 있다.

같이 가치

한국인의 정서에서는, 본질적인 가치를 남녀가 같이 바라보는 걸 요구한다. 둘이 서로의 가치를 존중하고 함께 나눌 때… '사랑해서 만난 관계'가, '만났기 때문에 사랑하는

삼청동길, watercolor painting, 2021

관계'로 나아갈 수 있다. 남녀 사이에도 무조건적인 사랑이 가능할 수 있다는 명제가 도출된다. 감정의 표출이 중요한 것이 아니라, 표출된 감정을 감싸주고 공감하는 관계는 삼청동길 노부부가 보여줄 수 있는 성숙한 사랑이다.

그리스도는 모세의 율법을 두 가지로 요약한다. 하나님을 사랑하고 이웃을 사랑하라고 하셨다. 배우자는 첫 번째 이웃이 될 수 있다. 배우자를 사랑하지 않는 사람은 질투하지 않는다. 건강한 질투는 성숙한 사랑을 낳는다. 창조주는 인간을 너무 사랑해서 몹시 질투했다. 그 질투로 인해 자기 독생자를 십자가에 달려 죽게 하셔서 사랑을 완성하셨다. 누군가가 자기를 희생할 정도로 완숙한 사랑을 한다면 그는 자신을 하늘 닮은 사람이라고 자처해도 좋다.

개와 인간의 시간

우리 집 노루

우리 집에는 노루가 산다. 이름하여 이탤리언그레이하운드…. 경주견에 속하는 부류라 한번 달리면 놀라울 정도로 빠르지만, 고양이를 보거나 호기심을 끄는 댕대이가 없으면 느림보 굼벵이다. 온순하게 품에 안기며 이불 속에서 바스락거리는 노루는 언제나 미소를 선물한다. 아래 그림은 노루의 베스트 설정 샷 중 하나를 그림으로 옮겨 주인공과 함께 찍은 사진이다. 노루는 제 주인이 얼마나 정성스럽게 자기 사진을 찍고 공을 들여 그림을 그렸는지 알 턱이 없다. 열심히 그려줬는데도 작품감상 하나 할 줄 모르는 노루에게 서운한 맘 감출 길 없다. 그림에 관심이 없는 아이는 오로지 간식만을 갈구하는 눈빛이다.

노루 초상화 앞에서, watercolor painting, 2023

개와 인간의 시간

인간과 개의 시간 차 수명은 관계의 영속성을 추구한다. 인생과 견생의 속도를 정서적 유대로 뛰어넘는 셈이다. 그들은 서로를 갈망한다. 개의 눈망울은 언제나 주인 향한 그리움을 담고, 인간은 개의 헐떡임에 활력을 얻는다. 단순한 애착을 넘어서는 반려 관계는 조물주가 허락한 최고의 공생관계다.

힘든 시간을 보내는 인간에게 개는 배신하지 않는 동반자이고, 인간은 개가 평생을 쫓고 따르는 절대 권위자… 전지적 시점의 인간을 우러러보는 개는 다 살고 나서 애달픈 기억으로 자리 잡는다. 이별한 반려견은 같은 종의 번식으로 그리움을 달래려 하지만 그 향취와 몸짓, 표정과 짖음은 인간의 두뇌에서 지워지는 데 반세기가 지나야 한다.

인간과 동물의 매개체

아래 그림은 과천청사에 근무하던 시절 단골 식당에서 밥 먹고 나오던 길에 주인집 개와 노는 장면을 재현했다. 흰색 믹스 진돗개는 식당 손님들에게 인기 있는 귀염둥이지만 사나운 게 흠이다. 이 녀석이 군견병 출신인 내게는 친절하다. 공을 던져 주면 물어오고 또 던져달라고 한다. 이날은 공을 뺏으려 해도 놓지 않으려 앙탈을 부렸다. 제 곁에 더 머물게 하려는 속셈이다. 개가 공이 좋은 이유는 공을 던지고 놀아주는 존재가 달가워서다. 주인과 개의 끈끈한 관계를 이어주는 매개체니까.

백구야 놀자,watercolor painting, 2021

개는 구석에서도 주인을 관찰하며, 그 몸짓 하나하나에 반응한다. 집으로 향하는 인간은 달려와 품에 안길 개의 몸짓에 집중하고, 한나절 지나 반가운 만남을 방해받지 않으려 준비한다. 상호작용은 자가 발전해서 정서적 유대감이 서로 의지하기에 충분해진다.

반려견에게 먹이란…

동물에게 먹이 주는 게 가축에게는 사육이지만 반려동물엔 애정과 관심의 몸짓이다. 배고픈 아이에게 밥을 주는 엄마가 "내가 네 주인"이라고 생각하지 않듯 반려 댕댕이에게 간식을 주는 건 복종 훈련이 아닌, 애정 본능이 작용했을 거라는 가설이 성립한다. 고 칼로리 기름진 먹이를 주지 않음이 애정과 책임감의 표현이라는 걸 반려견은 아는지 모르는지…. 개가 건강하고 행복하게 살아가게 하는 건 그로부터 안정을 얻으려는 자기애(自己愛)의 또 다른 방식이다.

반려 관계에서 공동체로

인간과 개 사이의 정서적 유대는 애완동물과 주인 관계 이상을 지향한다. 혀를 내밀고 꼬리 흔드는 몸짓과 손 내밀고 허리 숙여 부르는 간절함은 관계를 가르치는 학교에서 배워야 할 애정 본능이다. 인생의 동반자와 하나 되는 연결은 서로를 위해 무얼 먼저 해야 할지, 열정으로 살아야 할 이유가 무언지 가늠하게도 한다. 누군가 사회적 관계의 함수에, 반려견에게처럼 반응한다면 공동체 연대책임을 짊어지고 나갈 자격이 있다는 강력한 증거다.

수명이 네 배나 길어서 반려견과의 관계를 애달파하는 우리는 질적인 인연을 배워서 잠시 잠깐, 곁에 있는 모두를 소중하게 여길 이유를 찾는다. 오늘 여기 우리와 함께 한 모두에게 반려 존재에게 보낸 눈빛을 보내보라. 그들의 눈동자에서 사랑을 갈구하는 눈빛이 다시 돌아올 테니까.

나룻배_풍랑 속의 고요

적막과 평화

종종 평화라고 번역된 고요는 적막일 때가 많다. 구름 한 점 없는 맑은 날 평온한 숲속 둥지에서 털 고르고 있는 새의 모습과 굉음이 들리는 폭포수 옆 둥지의 새끼에게 먹이를 주는 모습 중 어느 것이 더 평화로운가? 평화의 반대는 불안이나 공포가 아니다. 자신감의 결여다. 폭풍 속에서도 나룻배에 돛 달고 노 젓는 늙은 사공처럼 흔들림 없는 용기다. 적막한 바다에 떠 있는 배에서는 노련미를 엿볼 수 없어도 거센 파도는 자신감을 들춰낸다.

해 질 녘 평화

다음 그림은 해 저물녘 햇살이 일렁이는 파도를 비출 때 하루 일과를 마친 나룻배가 그물 손질하고 집에 돌아가려는 시점을 묘사했다. 노을 진 햇살은 장대에 걸쳐있고 어부

저녁 나룻배, watercolor painting, 2024

의 어깨를 지나간다. 일반 사람이라면 멀미하기 딱 좋을 만큼의 파도가 울렁거려 너무 깊지 않게 널리 퍼진다. 고된 물질 끝에 맞는 고운 햇살은 어깨와 허리에 뭉친 근육을 풀어준다. 하루가 평안했는지 여부는 일 마칠 때의 마음이 결정한다. 제아무리 고됐어도 마무리하는 손과 발이 가벼우면 피로회복제 찾을 일 없다.

평화의 대가

내 안의 전쟁과 평화는 맘속 밸런스가 좌우한다. 날씨가 변덕스럽고 폭풍우 거세도… 원래 추구했던 희망을 잃지 않으면 평화를 구가할 자격을 얻는다. 노련한 항해사가 수시로 바뀌는 풍향과 파도 속에서 방향 잃지 않고 나아가듯, 삶의 풍랑 속에서 항해사는 키만 보지 않고 멀리 등대 불빛을 보고 균형을 잡아야 한다.

평화는 인내와 결단의 대가를 요구한다. 끝없이 펼쳐진 위기의 순간을 이겨낸 기억과 짜릿한 역전의 추억이 쌓이면 평화를 연습할 수 있다. 때로 벼랑 끝 한계가 필요하기도 하다. 낭떠러지 보지 않고 하늘과 목적지만 보고 걸었던 발걸음이 평화에 대한 의지를 굳게 한다. 도전하면 할수록, 맞서 싸울수록 평화를 부여잡은 굳은살이 두터워져 내적 평화를 쉽게 이해할 수 있다.

어촌에 내린 평안

푸른 하늘이 맞닿은 산과 들녘, 물이 풍성한 풍경은 날 매료시키지 않은 적이 없다. 아래 그림은 나이프로 유화물

어촌, oil knife painting on canvas, 2023

감을 펴 바른 '나이프 유화'다. 나무로 된 나룻배는 찢어진 돛을 매단 채 물가 밖에 버려져 있는지 잠시 쉬고 있는지 모르고… 저 멀리 어둑한 어촌에는 저녁 짓는 연기가 하얗게 피어오른다. 하루 종일 물질하느라 피곤한 남정네와 새벽부터 어시장에서 실랑이를 벌였을 여인이 밥상머리에서 피곤을 토해낸다. 조금 있다가 뿌연 백열등이 꺼지면 따스한 평화가 더 짙게 내려앉을 거다.

땀과 인내의 물길

풍랑 속의 나룻배는 위기를 말하지 않는다. 때때로 예측할 수 없이 거친 바람과 물결에서 끝내 갈피를 잡고 나아가는 인생을 말한다. 거센 파도 위에서 등대를 보려면, 부표를 놓치지 않으려면 눈앞의 파고를 보면 안 된다. 우두커니 내면의 평화를 지키고, 험한 물길을 갈라야 평온이 제 몫을 할 수 있다. 진짜 평화는 성난 위험의 공백이 아니다. 위기의 순간에도 등줄기 땀이 메마를 때까지 인내하고 또 인내하다가 잊어버린 아픔이다. 희망의 섬으로부터 시선을 떼지 않고 인내의 땀으로 노를 저어가면 힘겹더라도 평화의 뱃길이 만들어지고야 만다.

아낌없이 주는 나무

사랑받아 기쁜 나무

나무 둘레로 "짜작 짜작" 찢어지는 것 같아서 '자작나무'라 했을까? 자작나무는 하얀 아름다움과 팔방미인 모습으로 동서양 모든 사람에게 사랑받아 왔다. 핀란드 같은 북유럽의 눈밭이 어울릴 것 같은 자작나무는 사우나에 등장한다. 예전 핀란드에 출장 갔을 때 들은 이야기다. 핀란드 사람들은 사우나 할 때 자작나무 잎을 몸에 두드린단다. 이 행위는 피부 자극과 혈액 순환을 높인다고 하는데, 매사에 발 빠른 한국이 흔한 사우나에 왜 아직 도입하지 않았는지 의문이다. 그들처럼 뜨거운 몸에 나뭇잎 문지르고서 눈밭에서 뒹굴 여건이 되지 않아서일지 모르겠다.

변함없는 가치

자작나무는 고매한 자태로 수많은 화가에게 작품의 모델

자작나무 숲, urban sketch, 2024

이 되어 주었다. 흰색 껍질에 숨겨진 까만 속살과 반점, 섬세한 탄력을 가진 나뭇가지가 예술혼을 부른다고 해야 하나. 위 그림은 까만 밤에 하얀 나무가 잘 어울릴 것 같은 자작나무 숲을 그렸는데 실패작에 가깝다. 의도한 결과가 나오질 않았기 때문이다. 전설의 고향 같은 푸르스름한 밤기운에 달빛같이 훤한 나무줄기의 대비를 기획했는데 수포로 돌아갔다. 의도한 대로 나온 그림이 아니어도, 회화 실력을 쌓는 데 반면교사가 되어줄 그림이기에 당당하게 포스팅할 수 있다. 나무가 가진 순결과 뻗어가는 성장의 본질은 여전할 것이기 때문에 실패의 결과가 원래의 값어치를 덜어내진 않으리.

오른쪽 그림은 서울 대공원인지 어딘지 모를 단풍 숲에 크림슨레이크, 알리자린 크림슨의 빨강으로 물든 가을 나무를 묘사했다. 원래 모습보다 더 빨갛고 더 질감 있게 나타냈다. 화끈한 걸 더 좋아하는 그림 풍이 작품에 담겼다. 단풍나무는 계절 따라 덧입는 변화가 예사롭지 않다. 한반도의 가을에는 빨간 단풍이 경제적 부가가치를 확 높인다. 화려하지 않다면 단풍이 아니고 빨간 단풍이 아니라면 가을을 극대화할 수 없다. 활력 잃어가는 시절에 변화와 적응을 가르치고 재생의 가치를 깨우는 단풍나무는 아낌없는 존재라 불려야 마땅하다.

불타는 단풍, watercolor painting, 2024

아낌없이 주는 나무

지구인 모두 좋아하는 동화를 꼽으라면 당연히 난 '아낌없이 주는 나무'다.

"사과나무와 친구 소년이 함께 놀았다.

발걸음이 뜸해진 어느 날 성장한 소년이 왔다. 기쁜 나무는 예전처럼 사과를 먹으며 놀라 했지만, 소년은 먹을 시간이 없다고 했다.

소년은 돈이 필요하다고 했고 나무는 사과를 가져가라 했다. 소년은 사과를 팔아 돈을 벌었다.

더 자란 소년이 찾아오자 나무는 예전처럼 가지로 그네를 타라고 했지만, 너무 무겁다고 거절했다. 소년이 집이 필요하다고 하자 나무는 가지를 베어 지으라고 했다. 소년은 모든 가지로 집을 지었다.

더 나이 든 슬픈 소년이 와서 어디 멀리 가고 싶다고 하자 나무는 몸통으로 배를 만들라 했다. 소년은 나무 몸통으로 배를 만들어 떠났다.

더 오래 후 노인으로 돌아와 쉬고 싶다고 하자, 나무는 밑동밖에 없으니 그루터기에 쉬라고 했다. 나무는 끝까지 행복했다."

레바논 백향나무

'아낌없이 주는 나무'를 읽노라면 레바논의 백향목이 생각난다. 눈 덮인 고산 위에서 하늘 높이 곧게 뻗은 백향목은 수백 년을 살며 솔로몬의 궁과 성전, 배를 지었다. 수없는 종류의 가구에 몸을 내어주고 방향제로도 쓰임 받고 해충까지 쫓아 주었으니 만병통치의 묘한 존재다. 그냥 그곳에 있음으로 자연 아름다움을 대표하는 나무는 어떤 흠집에도 말이 없다. 젊은 시절 난 어머니에게 '아낌없이 주는 나무'라는 제목으로 감사의 시를 써 드렸다. 잘 기억나지 않지만 아마도 이런 내용일 것 같다.

"열 달 품고 죽을 듯이 아프게 낳고…
자기 것 없어도 자식 먼저 챙기는 엄마는…
아낌없이 모두 주고도 모자라…
죽을 때까지 안달이 난 사람"

나무 십자가

아낌없이 주는 엄마는 '무조건 사랑'의 표상이다. 수많은 모양으로 사랑이 표현될 수 있지만, 엄마 사랑은 목숨까지 내어준 그리스도의 헌신에 겨우 비견된다. 나무는 밑둥만 남도록 다 주었지만, 그리스도는 나무로 만든 십자가에 달려 몸과 영혼을 인류에 내어주었다. 아낌없이 주는 나무는… 주고 싶어서 안달이 난 나무는… 죽어서 나무 십자가가 되어서야 그 역할이 끝이 났다. 그리고서는 나무 씨앗이 향기처럼 날리어 온 산에 파릇하게 되살아났다.

인싸 vs. 아싸

문명의 역사_인싸 투쟁

문명의 역사는 어찌 보면 서로가 '인싸'가 되려 싸우고 발전해온 과정일지 모른다. 여러 나라와 민족이 한때 세계 지도와 역사의 중심이 되어 위세 당당하다가 변방으로 밀려나 신진 세력에게 자리를 내주기도 하며 전체 인류는 진화해왔다. 개인의 일상을 들춰보면 인싸 주위로 사람이 모이고 대화가 이루어지는 모습이 익숙하다. 어떤 사람의 목소리는 기어들어 가고 얌전한데, 대화를 주도하는 사람은 목청이 떠나가라 소리를 높인다. 표정과 몸짓으로 상대방을 압도하는 것은 설득을 위한 것인지 본인이 인싸라는 걸 증명하기 위함인지 모를 일이다.

은밀한 인싸

한번 살펴보자. 분위기를 압도하는 사람이 정말 '인싸'인가? 겉보기에, 또는 형식적 모임에서는 인싸로 통하지만 '심리적인 인싸'에서 퇴출당하는 사람은 없는가? 사무실에서는, 낮에는, 공공장소에서는 보이지 않던 사람이 인싸로 등장하는 경우는 없는가? 퇴근하고 나서 밤에, 은밀한 장소에서 갑자기 주목을 받는 사람이 꼭 있다. 밤에 급히 조언해달라고 SNS 문자를 받는 사람, 여러 사람에게서 일상의 소식이 들려오는 사람, 갑자기 전화를 받고 신세 한탄을 받아주는 사람이 진짜 인싸는 아닐까?

가족 앞에서 자랑

오른쪽 그림은 분당의 단골 음식점 옆 숲길을 걸어가는 모녀, 아니 어머니와 며느리(내 어머니와 아내)의 뒷모습을 그린 수채화다. 어머니에게는 아들만 셋이라 언제나 딸을 그리워했다. 근데 아내가 함께 늙어가니 이제는 딸 노릇을 한다. 아무 말이나 막 한다. 서로 자랑을 늘어놓고 핀잔이나 면박을 주고받는다. 나와 어머니의 관계보다 막장드라마다. 공공장소에서 자랑하면 따돌림받기에 십상이지만 가족 앞에서는 가족의 자부심이 배가 된다. 서로를 지지하고 긍정적인 피드백을 주고자 한다면 가족관계의 유대감을 곱씹

어머니와 며느리, watercolor painting, 2024

어 배워야 한다.

끈끈한 가족관계를 흉내 내며 사회에서 관계를 맺는 사람은 진짜 인싸가 될 가능성이 크다. 늘 활발하고 다른 사람들에게 관심을 두되 떠벌리지 않는 사람… 다른 사람이 잘되어 행복해하면 나도 기뻐하고 공감해주는 사람이다. 이런 이는 동료를 챙기고, 타인의 감정을 잘 이해해서 서두르지 않는 능력이 두드러진다. 그 공감하는 솜씨는 분위기의 온도를 높이고, 관계의 끈을 강화한다.

아싸의 관습

사회적 관계에서 소외되거나, 교류가 한산하여 힘들어하는 '아싸'는 자기 무덤을 스스로 파는 사람이나 다름없다. 타인의 성공에 질투하거나, 잠재적 경쟁자의 실수를 은근히 다행으로 여기는 경향이 다분하다(나는 계속 노력하고 있다). 나도 모르게 다른 사람들과의 거리는 점점 벌어지고, 사회적으로 소외감이 증폭하여 질투와 질시, 이기적 성향이 높아지는 악순환의 늪에 빠지기 전 빨리 '아싸'의 습관에서 탈출해야만 한다.

율동공원 노부부, watercolor painting, 2021

부부_On-sider

부부는 '암수 동체'라서 기쁨과 슬픔, 즐거움과 고통을 동시에 느낄 수 있다. 진짜 부부라면 본능이 상대를 이해하고 감정이 심장으로 이입된다. 위 그림은 나이 들어서 원색적 부부 색이 도드라지는 뒷모습이 율동공원을 배경으로 표현됐다. 따뜻한 오후의 빛이 늦가을 화려한 분위기를 연출하던 어느 날 노부부의 모습이 기분 좋아 카메라에 담았다. 앙상한 나뭇가지는 노부부의 손목을 닮아 감정이입으로 전달되고 짝 잃은 오리 한 마리는 시샘하듯 바라본다. 이들 부부는 꼭 잡은 두 손을 통해 모든 감정을 직설적으로 나누고, 강력한 정서의 연결고리를 만들었다. 사이 좋은 부부는 서로에게 '인싸'도 '아싸'도 아닌 '온싸(on-sider: 작가가 동체의 의미로 작명)'가 될 수 있다.

인싸가 되는 길

무대 중심에 오르려 하고 환한 조명 독차지하려는 이가 명심할 게 있다. 억지로 인싸가 되려 할수록 사람들 마음속에서 아싸로 밀려나게 될 것이고, 누군가를 인싸로 세워주는 사람이 정작 '인싸'가 될 가능성이 농후하다는 그것이다. 그리스도처럼 고아와 과부, 연약한 자를 이해하고 존중하는 이, 그 사람은 저도 모르는 사이 동시대의 주인공이 될 자격을 점점 갖추어 간다.

밤하늘 축제

하늘빛깔 여러 개

여러 시점에서 바라보는 밤하늘은 어디든지 각자 아름다움과 색을 지닌 현란함을 갖춘다. 아래 그림은 중국의 유명 수채화 작가 친충웨이의 휘황찬란한 도시풍경에서 영감을 받아 그린 도시 야경이다. 울트라마린과 번트 시에나가 섞인 밤하늘에 대비되는 퍼머넌트 옐로우의 불빛이 도시의 밤을 대변한다. 친충웨이의 그림에는 없는 강렬한 가로등 불빛은 필살기로 등장시켰다. 서울의 밤은 도시인의 활기와 현대 구조물이 얽힌 미학의 집합체다. 가로등과 네온 불빛이 꼭 맞게 어울려 빛의 바다를 이루어, 쉴 새 없이 반짝이는 곳이라 대도시라는 점을 내세운다.

무한경쟁하는 빛

옛사람이 보기에 건물 사이 반짝 가로등이 별빛 같기도

도시 빛축제, watercolor painting, 2021

할 테지만, 희미한 타운의 조명이 하늘의 별 축제를 훼방한다. 네온 빛이 별을 가려서, 빽빽한 스카이라인이 먼 하늘 밀키웨이를 떠밀기도 한다. 도시 밤하늘이 태고 때부터 허락된 아름다움을 온전히 드러내지 못하는 게 흠이라면 흠이다.

반 고흐를 좋아하는 나만의 이유는 '별이 빛나는 밤'이

The starry night, oil painting on canvas, 1889, Van Gogh

다. 고흐가 그린 하늘은 인공 불빛이 꺼져야만 볼 수 있는 광채다. 눈부시게 노란 별빛 소용돌이는 강렬한 붓 터치로 인하여 굽이친다. 촘촘한 빛이 이동하는 별자리를 연속 샷으로 촬영한 듯해서다. 게다가 뾰족 사이프러스 나무가 별빛에 의해 더 웅장하게 뻗었다. 밤하늘 자연광이 도시 불빛을 압도하는 게 고흐 그림의 장점이다.

맑은 하늘빛 축제

시골 하늘은 자연의 경이로움을 그려낸 캔버스다. 도심 외곽에서는 유성이 은하수처럼 떨어져, 어린 기억에서만 찾아볼 장관을 연출한다. 인공조명이 드물어지면 별과 땅과 사람과 상호작용이 뚜렷해진다. 한적한 가로등은 날아드는 풀벌레에게는 좋기도 하겠지만, 자연 빛 축제를 즐기는 데는 방해받기에 십상이다. 자연 불빛을 오롯이 즐기는 마음은 하늘과 공존할 수 있다.

도시 사람은 남쪽 하늘을 찾아 나서고 전원마을에서는 타운의 화려한 불빛 라인 따라 올라간다. 주변이 어둑하여 빛나는 서울 밤을 감사하자. 춤추는 빛을 보면서 삶의 활기와 에너지를 얻어낸 적 있다면 그리하자.

외곽의 불빛, urtan sketch, 2022

빛이 만드는 조화

순수와 평온을 대변하는 숲의 밤하늘은 자연이 주는 혜택. 모든 하늘과 별은 각자의 방식으로 기쁨과 감사의 감격을 부추긴다. 오늘 인간의 손으로 세련미를 만들어내는 빛과, 세상이 만들어질 때 '빛이 있으라' 하여 태곳적에 있어진 빛에서 완벽한 조화를 발견하면 좋으리.

동심_직설적인 행복

동심의 잠재력

동심(童心)은… 어린이에게만 허락된 마음인가? 모든 걸 빨아들이는 해면 같은 마음이라면 우리 모두 그 주인공이 될 수 있을 터. 주변 색깔, 소리, 냄새에 필터 없이 반응하면 커서라도 작은 마음을 간직할 수 있다. 아이는 때로 자기중심적으로 보일 테지만 금세 들켜버리기에 순수하다. 끝까지 버티고 숨기는 마음은 병든 마음이다. 성숙의 부작용인 위선을 알지 못하는 마음은 아이가 누릴 수 있는 잠재력이다. 몰입하는 행위 하나하나가 실존주의 철학과 맞닿아 있다.

연 날리는 동심

오른쪽 그림은 늦가을 볕 좋은 어느 날, 아이들이 연날리기하는 모습을 수채화로 담은 작품이다. 꽃샘추위로 적잖

연날리는 동심, watercolor painting, 2024

아 쌀쌀한 날이었지만 회사 부설 어린이집 아이들은 아랑곳하지 않고 뛰었다. 가오리연은 좀처럼 뜨지 않는데도 아이들은 포기하지 않고 뛰었다. 단순히 놀이라기보다도 허공을 향한 투쟁과 같았다. 자기가 연이 되어 날으려 발버둥치는 것 같았다. 측은한 마음은 대신 날아주고 싶은 심정으로 바뀌었다. 어른이라면 보여주기 퍼포먼스일 수 있겠지만 아이들은 무아지경이다. 어른은 주변 시선에 신경 쓰는데, 아이는 바람과 함께 춤춘다.

동심은 보이는 게 전부다. 가릴 줄 모르고 뻔한 거짓을 말하지 않기 때문에 다 들키지 않는 게 없다. 아이의 눈빛과 웃음, 침묵과 눈물은 무한한 소통을 가능하게 한다. 아이가 커 가면서부터는 속 마음을 눈빛과 표정, 주름과 미소의 기술로 감출 수 있다. 겉치레의 테크닉이 발달할수록 순수함은 회복하기 어려운 영역이 된다. 어린 시절 좋았던 추억을 자주 기억한다면 조금 회복할 수 있겠지만 깊숙이 감춰진 보물이라서, 원석으로 되돌리기가 하늘의 별 따기다.

바닷가 모래 장난

바닷가에서 모래 장난하는 아이를 본 적 있는가? 아니 해 본 적이 잇는가? 웅덩이 만들어 놓고 물을 퍼붓고 또 퍼붓는다. 금세 빠져나갈 거 알면서도 붓고 또 붓는 이유는 물이 차 있는 모습 보기를 포기하지 않아서다. 웅덩이가 가득 채워졌을 순간의 만족은 몰입으로 인해 얻는 보상이다. 설정이나 곁눈질로 얻어지지 않기에 흥분되는 영광이다. 한 단계 목적 달성이 의미의 전부가 되는 몰입을 그들에게서 배워야 한다. 파도 앞에선 그들에게 멋진 윈드서퍼가 중요해 보이지 않는다. 집어삼킬 듯 몰려오는 파도의 몸체가

바다 아이, watercolor painting, 2022

자신의 몸짓이 된다. 아이처럼 내어 맡기면 물보라와 하나 되어 강약의 리듬을 타는 몸부림이 배워진다.

천국의 주인

그리스도는 위선적일 수 없는 아이들의 가치를 가장 높게 평가했다. 마태가 쓴 신약 성서는 이렇게 기록하고 있다.

"예수께서 한 어린아이를 불러 그들 가운데 세우시고 이르시되…

어린아이들과 같이 되지 아니하면 결단코 천국에 들어가지 못하리라…

누구든지 이 어린아이와 같이 자기를 낮추는 사람이 천국에서 큰 자니라…

내 이름으로 이런 어린아이 하나를 영접하면 곧 나를 영접함이니"

우리 어릴 때, 세상을 몸으로 받아들이고, 0.1초의 순간마다 온전한 몰입을 경험할 때가 있었다. 성장할수록 잃어가는 순수의 힘이 아쉬워진다. 몸으로 세상을 받아들였던 날들을 추억하며 되뇐다.

"세상을 바로 보는 직설적인 눈, 하면 될 것 같은 활기, 순수한 시절 가졌던 순수 마법, 가식하지 않고 노력하면 회복할 수 있는 동심의 세계를 어른들의 세상에 옮겨보자꾸나."

막히는 길 뚫리는 마음

이기적 운전자

차 운전대를 잡은 날 식구들이 불편해한다. 멀미하는 아내를 대신해 아들이 "아빠는 왜 운전대를 잡으면 달라져?"라고 지적한다. '시간은 금'이라는 핑계가 운전 습관을 거칠게 만들었다. 막히지 않는 길, 편안한 길에서는 운전대를 잡으려 하지만, 막히고 답답한 길에서 운전대를 아내에게 맡기는 난 운전할 때마다 '이기적인 유전자'가 된다.

'막힘'과 '통행'은 단순히 물리적 현상이 아니라, 마음 상태를 반영하는 메타포다. 도로 위의 차량 정체처럼, 삶의 길도 막힐 때 답답한 흐름이 직통으로 와 닿고, 절박한 순간 마음이 통하면 길도 통한다. 차량 흐름은 뇌 인식, 차창 밖 풍경, 태양과 구름과 바람에 따라 극적으로 바뀐다.

"이런 데서라면 천 번 만 번이고 운전할 수 있겠다."

운전하고픈 날, urban sketch, 2023

위 그림의 원본을 보며 떠올렸던 생각이다. 맑은 하늘 밑 숲은 푸르고 나무는 울긋불긋 흔들린다. 쾌적한 환경에서의 운전 속도는 아우토반 200km와 맞먹는다. "목적지까지 얼마 안 남았네. 시간이 더 걸렸으면…" 하는 마음까지도 허용한다.

뇌인식_속도 감각

상황에 반응하는 뇌 인식은 속도 감각의 출발점이다. 제아무리 길이 막혀도 마음에 평화가 있다면 베스트 드라이버가 될 자격이 있다. 열린 창문으로 향한 마음이 봄날의 화창함이다. 스트레스와 부정적 마음으로 운전석에 올랐다면 초저녁 한적한 길도 부담이다. 쌩쌩 지나는 옆의 엔진이 시베리아 바람일 것이기도 하다.

속도를 지배하는 풍경

아래 그림처럼 꽉 막히고 분주할 때 뉴스를 끄고 차창 밖 풍경으로 고갤 돌리라. 마음속 익숙한 풍경이 나오면 앞뒤 답답해도 운전석은 공원 벤치로 변신한다. 사계절 운전하는 택시 기사는 화려한 봄꽃, 푸른 여름 나무, 가을 단풍, 겨울의 하얀 가지를 즐길 줄 알아야 직업전선이 평화롭다. 운전대 잡은 이가 황량하거나 익숙하지 않은 거리에 당황한다면 '지난 길의 좋은 추억'을 피로회복제로 쓸 것을 권한다.

도로 위 일조량과 바람이 인내심의 크기를 좌우한다. 눈부신 날엔 엔진이 산들바람을 타고 달리고, 밝고 희망적인

도로 주차장, watercolor painting, 2021

마음이 막히는 길을 뚫고 간다. 폭우와 눈보라 치는 날 운전은 추억 돋는 음악이 동반되어야 한다. 짓궂은 날씨 탓만 하다 보면 길은 더디 뚫리고 식은땀은 길게 흘러 마르지 않을 것이기 때문.

상대성이론 & 엔트로피

'막히는 길, 뚫린 마음'은 마음속 뇌 신경과 도로망의 상호작용이다. 환경에 대한 조건 반사인지 무조건 반사인지가 상호작용의 질을 좌우한다.

"앞길 막는 답답함을 극복하느냐 굴복하느냐"

"날 좋을 때 좋은 도로변 풍경에 감격하느냐"

뇌 인식이 운전자의 앞길을 좌우하고 인생의 앞날을 확정한다. 시간이 희망을 타고 움직일 때 아인슈타인의 상대성이론은 실제가 되고 엔트로피 증가의 법칙을 탈피하는 길이 생긴다.

노루와 사랑이

떠나보낸 노루

우리 집에는 노루가 산다. 너무도 사랑하는, 강아지 같은 노루인지 노루 같은 강아지인지 모를 내 식구…. 얼마 전 눈물을 머금고 노루를 어머니한테 피양 보냈다. 아들과 나의 털 알레르기 때문에 어쩔 수 없는 선택이었다. 보내기가 죽기보다 싫었지만 딸 윤미처럼 눈물까지 보이진 않았다. 한시라도 잊지 않으려 수채화로 노루를 사실적으로 표현했다. 사진 속 노루는 온 식구가 양평에 놀러 갔을 때 모습이다. 제 자화상 앞에서 당당한 품격이 보인다.

윤미와 노루

노루에게 윤미는 서열 1위다. 사료 주문하고 간식 사주고 목욕시키고 발톱 깎고 산책시키는 이가 차지하는 자리다. 어느 날 윤미가 노루를 산책시키는 공원에서 둘의 뒷모

노루 자화상, watercolor painting, 2023

습을 보고서 윤미와 나와 노루의 삼각관계를 그림과 시로 표현했다.

아빠와 윤미와 노루

윤미는 노루를 붙들어주고

노루는 윤미를 따른다.

윤미와 노루, watercolor painting, 2023

노루는 윤미 말을 듣고
윤미는 노루를 지켜 준다.

아빠는 윤미를 붙들어주고
윤미는 아빠를 따른다.

윤미는 아빠 말을 듣고
아빠는 윤미를 지켜 준다.

윤미는 노루를 다 알지만
노루는 윤미를 다 알지 못한다.

아빠는 윤미를 다 알지만
윤미는 아빠를 다 알지 못한다.

노루형과 동생 사랑이

노루를 어머니한테 보낸 후 노루가 사랑이 형 노릇을 하고 있다. 둘의 성격이 완전 상극인데 사랑이가 텃세 부리지 않는 게 신기하다. MBTI로 보면 노루는 INTJ이고 사랑이는 ESFP이다. 노루형과 동생 사랑이를 목욕통에 넣으니 물을 대하는 댕댕이의 본능이 똑같이 살아난다.

사랑이와 노루

사랑이는 노루를 쫓아가고
노루는 사랑일 피해 다닌다.
사랑이는 먹을 거 의심 많고
노루는 의심 없이 먹는다

사랑이는 할머니 끌고 다니고
노루는 할머니에 끌려다닌다.
사랑이는 계단이 무섭고
노루는 껑충껑충 오른다.

사랑이는 왈왈 짖고
노루는 컹컹거린다.
사랑이는 가려 일보고
노루는 아무 데나 배변 일삼는다

색깔 성격 모두 달라도

똑같이 하는 몇 가지

눈 빠지는 할머니 사랑

뜨건 물 싫고 목욕 싫은 거

그래서 똑같이 사랑해

노루형과 사랑이

자전거 인생

시간을 달리는 자전거

"자전거는 균형만으로 탈 수 있지 않다.

믿어야 한다.

넘어지지 않는다.

앞으로 나가기만 하면.

당신이 할 일은 땅을 보지 않고

목표지점에 눈을 고정하는 일이다."

- Angela Carter -

오른쪽 그림에 쏟아지는 햇살이 눈에 부신 들녘을 가르는 자전거가 등장했다. 풀과 하늘은 루즈하게, 사람과 자전거는 사실적으로 표현해 대비를 주었다. 들녘은 시간이 멈춰 있는데 바퀴의 시간은 바삐 흐른다. 세상은 멈춰 있는데 페달은 끊임없이 움직인다. 들녘의 세상은 오래도록 변함

자전거 타는 들녘, watercolor painting, 2021

없는데 자전거, 의복과 장비는 변해간다. 아인슈타인의 특수 상대성이론이 자전거 달리는 들녘에서 증명된다.

달릴 때는 가끔 꺾이는 길이 있어야 한다. 곧장만 달려서는 바람 냄새, 땀 냄새 느끼기 어려우니까…. 달리기의 진수는 코너링이다. 수백 미터 달리기에서 코너링 어깨싸움이 승부를 결정 내고 날카로운 코너링이 스케이트 실력 차를 드러낸다. 자전거 페달을 전속력으로 밟아본 사람만 경험할 수 있는 게 있다. 꺾이는 길에서 나와 자전거가 함께 눕고 일어서는 짜릿함을….

자전거는 이동 수단이 아니다. 오르막 내리막길, 굴곡, 거친 바닥을 온몸으로 수행하는 실험이고 도전의 장치다. 오를 때는 평지를 기대하고 평탄한 길에서 에너지를 충전하는 인생의 굴레다. 굴리고 굴리다가 힘들어 지치지만 다리와 허리에 인내와 끈기가 쌓인다. 페달을 굴려 바퀴와 내가 완전 균형체가 되면 이제 내려와도 된다는 뜻이다.

오르막길 내리막길

오르막길 내리막길을 온전히 겪는 방법은 자전거다. 오를 때는 뒤틀며 용을 써야 하지만 경사가 끝나고 풍경이 눈에 들어오기 시작하면 땀이 멎는다. 그제야 바닥에 바퀴를 맡겨두면 페달도 다리도 한동안 안식이다. 끝없이 평지를 달리다 또다시 경사진 험지를 만나면 크게 외쳐야 한다. "이제 다시 시작이다!" 자전거 길에 평지만 있어서는 '삼천리' 브랜드 위상이 드러날 리 없다. 내리막 오르막 여러 번 반복하고 돌부리 있어야만 체인과 바퀴의 위력을 알 수 있다.

페달 열두 바퀴 굴린다고 굴곡을 이해할 순 없다. 수천 바퀴 굴리고 나서야… “오르막길 내리막길 오르막길 다시 한 바퀴 세상만사 오르막길 내리막길 웃자 한 바퀴 세상에 안될 게 뭐가 있어…”라고 흥얼거리는 개그맨 이수근의 해피송 가사를 이해할 수 있게 된다.

느려도 발구르면

자전거 바퀴는 넘어지면 일어서는 오뚜기가 아니다. 멈추면 쓰러지는 존재는 계속 움직여야만 산다. 느림보 거북이라 하더라도 자전거 바퀴는 계속 움직여야 한다. 시속

커플 자전거, urban sketch, 2021

2km라도 움직이면서 쉬어야 한다. 커플 자전거는 함께 굴리고 함께 쉬는 인생 동반 자전거다. 같은 곳을 바라보고 함께 일어서고 똑같이 기울여야 넘어지지 않는다. 보조를 맞추면 반밖에 들지 않는 힘으로 배나 달릴 수도 있다. 마음 맞는 커플이 한 곳을 바라보고 보조를 맞추면 인생이 쉬워진다.

온몸으로 굴리는 인생 자전거를 탈 때 더 오랜 동안 움직여야 경주를 완수할 수 있다. 둘이 함께 자전거를 타야 한다면 이렇게 속삭이라.

"많이 힘들지?"

"잠시 숨을 고르고 다시 달릴 힘을 모으자."

"그렇지만 시속 1km라도 움직여야만 해."

삶은 멈추지 않아야 힘들어도 녹다운 되지는 않는다. 천천히 움직이다 보면, 뜨거운 열기 가시고 그늘져 땀이 마를 때 또다시 종아리에 힘이 생겨 힘찬 페달 밟기가 가능해질 테니까….

신발 한 짝

난간 위 크록스 한 짝

어느 날 아내랑 집 앞을 걷다가 예쁜 아이 신발 한 짝이 철제 난간에 놓여 있는 걸 발견했다.

"어? 이건 촬영 소품인데?"

"누가 이렇게 곱게 신발을 올려놨을까?"

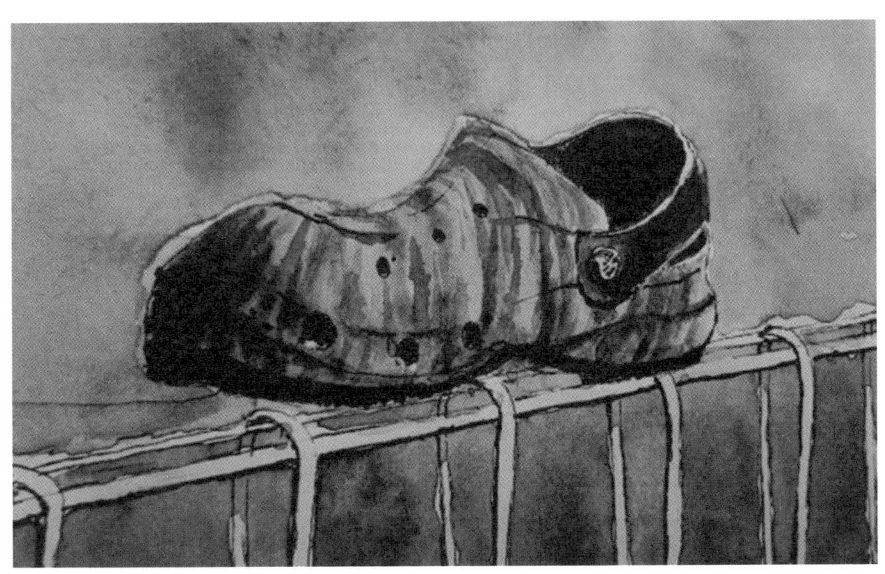

신발 한 짝, urban sketch, 2023

누군가가 멀쩡한 신발 한 짝이 버려져 있는 걸 보고 난간에 올려놨을 거다. 아님 나같이 호기심 많은 사람에게 사진 찍으라고 올려놓았는지도 모르겠다. 나머지 한 짝은 어디 있을까? 이런 예쁜 신발은 나머지 한 짝을 찾아야만 한다. 그래야 엄마 화가 풀릴 테니까… 엄마는 인터넷에서 고르고 골라 예쁜 신발을 주문한 것일 테니까…. 이날 크록스 신발이 이렇게 예쁘게 나온다는 걸 새삼 깨달았다.

신발 위상

신발은 옷보다 중요하다. 아무리 잘 갖춰 입었다 한들 한 켤레의 신발 없이 완성체라 할 수 없다. 옷이 아무리 편해도 발이 불편하면 모두 편치 않다. 다니다가 옷이 불편하면 벗으면 되지만 맨발로 걸을 수는 없다. 깔창 위에 작은 돌 하나만 있어도 못 걷는다. 창조경제정책을 담당할 당시 대통령이 강조한 표현이 있다. "발밑에 깔린 자갈, 손톱 밑 가시를 제거하는 심정으로 걸림돌을 제거하겠다."

출근할 때 신는 구두가 사무실 신발과 다른 건 남녀 공통이다. 사무실에 놓여 있는 신발 사진을 올렸다. 만 원 정도

신발 한 켤레

하는 가성비 갑인 것이, 통풍 잘되고 발바닥이 편해서 비싼 신발 저리 가라다. 싼 티 지우려 아크릴 물감으로 세 줄 그었더니 눈부시게 변신했다. 누군가는 간지난다고까지 했다. "세 줄 금 긋기로 혁신적인 변화를 가져올 수도 있구나"라 생각하며 발은 실용성을 추구하는 존재임을 실감한다.

신발에 집착할 이유

신발에는 온몸이 실리기 때문에 몸무게와 인격까지 버티고 있다. 많은 사람이 신발에 집착하고 모으는 게 그래서

다. 신발에 집착했던 기억이 내게도 있다. 초등학교 입학하기 전 고무신을 신은 적이 있었는데 고무신은 기능이 신고 다니는 데 머무르지 않는다. 모래밭에서는 두 짝을 엮어 자동차를 만들고 산길에서는 벌레잡이 도구가 된다. 고무신의 지존 '왕자표' 브랜드 이미지는 아직도 내 머릿속에 확연하다.

할아버지 친구분이 계셨는데 장기 두러 우리 집에 자주 오셨다. 할아버지는 장기에서 매번 졌다. 할아버지는 지는 걸 죽기보다 싫어하시고 역정이 대단하셔서 장기판을 엎기 일쑤다. 나도 덩달아서 할아버지 친구분이 미워졌다. 하루는 두 분이 장기를 두고 계시는데 할아버지 친구 신발을 몰래 감추었다. 그 할아버지 골탕먹이려… 그리곤 잠이 들어버렸다. 두 분이 신발을 찾으려 시장 바닥을 이 잡듯 뒤졌다고 들었다.

사회 초년생일 때의 일화는 아직도 화젯거리다. 911 테러 즈음이었던 걸로 기억한다. 회사에 출근했는데 걸음걸이가 이상하다고들 한다. 스스로 생각해도 이상했다. 뒤뚱뒤뚱 밸런스가 안 맞고 엉거주춤이다. 신발을 보니 짝이 서로 다른 구두를 신고 왔다. 색도 다르고 굽 높이도 다른….

"바빠도 어떻게 짝이 다른 구두를 신고 오지?"

나는 확신한다. 동료들에게 내 이미지는 그때 적잖이 실추되었을 거라고….

(그 후 이미지 회복을 위해 최선을 다했다)

입장 바꿔 생각해봐…

신발에는 인생이 담겨 있다. 그래서 신발 한 짝이 애절해 보이는 거다. 전장에서의 신발 한 짝은 죽음을 의미하고 공사장에서의 한 짝은 사건사고를 증명하고, 어느 때는 재난의 처참함을 의미한다. 오래된 신발에는 발의 굴곡과 땀이 배어 있다. 상대방의 신을 이해하기 전에는 상대의 입장을 이해할 수 없다. 그래서 "내 입장이 되어 보라"는 표현을 영어로 "Put yourself in my shoes"라고 하나보다.

덩그러니 놓여 있는 예쁜 신발 한 켤레…. 주인을 찾기 바라는 마음을 담아 기도한다.

"주위 사람 모두의 입장이 되어 생각해볼 수 있기를…(Put myself in shoes of everybody)"

발, watercolor painting, 2024

〈셋〉

길 위에서

녹(綠)

자연의 산화작용

'녹'은 인공물이 자연과 함께 변해가는 상호작용이다. 건조하게 경제 개념으로 따지면 물건의 감가상각을 일으키는 불순물이라 할 수 있겠지만…. 울긋불긋 빛의 정체를 세월의 무게가 더해져 새로움이 필요한 때를 알리는 신호체계라 할 수 없을까? 녹이 슨 무쇠 칼은 시간이 가고 칼자루 낡아지면 검붉은 빛이 짙어져 날 세울 필요가 있음을 이제라도 알리는 표식이다. 일상의 시간이 흐르고 경험이 쌓이면, 언제든 묵은 때를 벗겨낼 시점이 필요한 것. 값싼 주방기구에 녹이 보이지 않으면 좋겠지만, 철 수세미 박박 문질러 제시간 청결 유지할 때임을 알 수 없다.

오른쪽 양철지붕 창고는 버려진 집인지 아직 무얼 보관하고 있는지 알 수 없지만 분명한 게 하나 있다. 오래된 페인트 색과 빗물에 올라온 녹물, 세월이 쌓아 올린 오래된 벽돌색이 완벽한 조화를 이루어 어반스케치 하기에 더없이 좋은 오브제라는 사실. 비 흐르면 녹슨 양철지붕이 감각적이게도 진붉은 빛으로 바뀌는 것처럼, 어려운 때 지나면 결과는 역전되는 경우가 언제나 존재한다.

인적 없는 철길

한반도에 버려진 폐철길을 거두어 엿을 바꾸어 먹는다면 엿 공장을 열 배는 더 늘려야 할지 모른다. 쓰지 않는 강

양철지붕 창고, urban sketch, 2024

철을 녹여 자원을 절약하지 않는 이유는 철길 따라 걷고 사진 찍고 차 향기 맡는 정서적 부가가치가 더 크기 때문이다. 철길 따라 생겨나는 연예계 풍속은 새로운 관계를 이어주어 사회적 가치를 더한다. 녹슨 철길과 철계단은 사뿐사뿐 절제된 걸음을 요청하기 때문에 앞날 향해 신중하고 애틋한 희망이 커간다.

아래 쓰러져 가는 구조물은 경상북도 문경에 있는 버려진 옛 간이 기차역이다. 기차 역사와 침엽수림이 나란히 서

가은역, urban sketch, 2024

있는 모습이 예뻐 어반스케치로 재현했다. 넷플릭스 연예 시리즈물 촬영지로 나올 것 같은 '가은역'은 양철지붕과 세월 이겨낸 나무 기둥이 절묘한 조화를 자아내 사진 찍고 캔버스에 옮겨야 할 소재의 좋은 본보기. 이런 간이역에 연인이 함께한다면 한평생 보장된 관계를 약속할 게 뻔하다.

녹슨 십자가 못

녹이 슨 쇠붙이는 아픔을 뜻한다. 십자가에 박힌 녹슨 세 개의 못은 한계를 넘어선 고통의 몸부림. 오랜 세월 동안 켜켜이 쌓인 핏빛 결정체가 잠깐 극한의 고통과 시련을 깊이 박지만, 결국 겨울 이겨낸 봄나물처럼 새 생명으로 부활할 운명임을 우리는 안다. 생의 모든 여정에서 가끔 돌길에 넘어지고 날카로운 가시에 찢기더라도… 꾸준하고 더 당당하게 진출하고 결승선 승리의 깃발을 알기에 걸음은 멈추어지지 않는다.

산화작용의 결과물 녹 빛은 해롭지 않다. 자연이 정직하게 상호작용하는 속성이라서… 인간이 두르는 인위적 보호막보다 정면으로 마주 봄을 인내한다. 녹이 흘러내리는 현시성과 가루 날리는 듯 투박함은 관계의 공명성을 높이고 담백한 언어와 솔직한 감정을 부추긴다. 노출되어 닦아 낼 녹물처럼 인위적이지 않게 진정성을 높이는 관계는 오래 지속된다.

드러나야 할 객체

윗물이 맑아야 아랫물이 맑다고 할 때, 불순물은 제때 드러나야 합리적이다. 마음과 생각에 생겨나는 이끼는 감추어지지 않으면 관리하고 성찰할 수 있는 존재다. 숨겨진 불순물은 언제라도 주변에 해를 끼쳐 상처 입는 이의 살에 파상풍을 낳는다. 새살이 돋아나기 위해서는 보이지 않을 만큼의 염증도 허용해선 안 된다. 붉게 물든 녹은 변화와 성찰의 때를 알리는 자연의 신호…. 하루가 모여 일 년이 되고 인생이 되는 동안 스며들고 드러나서, 무뎌진 날을 갈고 새롭게 해 자아를 높이고 주변을 이롭게 하는 이중인격자.

비요일에는 그리움

비가 오면

비가 오며는… 누군가는 눈살을 찌푸리고, 어떤 이는 떨어지는 물줄기를 친구처럼 반길 수도 있다. 옷과 신발이 젖는 게 싫더라도, 빗소리 좋은 사람은 물 얼룩에 바랜 사진첩 꺼내어 옛 추억 그리운 색채로 마음을 채운다. 그에게는 빗소리가 시상이 되고 다양한 빗줄기의 형상이 오감을 통해 다정한 이미지를 불러온다.

주말 아침에는 이슬비가 내리는 풍경이 반갑다. 오후에는 가랑비가 살며시 더 내려야 하고, 따가운 햇살 강렬한 8월의 오후에는 금세 몰아치는 소낙비가 와야 더위에 지친 몸을 달랠 수 있다. 이슬비, 가랑비가 와야 하는 이유는 감각적인 빗소리가 섬세한 감성을 깨우기 때문. 그렇다면 어린 날의 순수와 천진함을 떠올리게 하는 능력이 빗방울에 담겼다 할 수 있다. 여름 소낙비는 천년의 열정과 패기를

빗길, watercolor painting, 2021

일깨운다면 그거 하나로도 책임을 다한 셈이다.

비 내리는 차창

왼쪽 그림은 녹음이 짙은 어느 초저녁, 먹구름이 비를 잔뜩 쏟아 내서 때 이른 어둠 가득한 도로를 한적하게 표현했다. 차들은 어둑해진 도로 위 조명등에 의지해 조심스럽게 운행하지만 온순하게 내리는 비가 싫지 않은 모양새다. 비 내리는 도로 한복판의 운전자는 성가시고 불편하겠지만 차창 밖 풍경 즐기는 자는 물과 분리된 평화의 아늑함을 즐길 수 있다.

초등학교 다닐 때 표지가 닳도록 읽고 또 읽던 책 〈레미의 일기〉를 인터넷에서 검색해보니 안 나온다. 초등학생 손에 매일 들려있던 책이 희귀본이 되었다니…. 비가 좋아진 마음을 깨워준 매개체를 하나 찾으라면 레미의 일기가 결론이다. 레미는 하늘에서 곱게 내리는 비를 보며 꿈과 희망의 메시지를 분명하게 던졌다. 자세한 내용은 기억나지 않지만, 바스락바스락 새 이불 속에서 꼼지락거리는 것 같은 포근하고 아늑한 느낌은 뚜렷하게 살아있다.

여러 계절이 뿌리는 비

계절의 변화가 뿌리는 비 느낌을 제때 감상하는 습관을 들여야 한다. 겨울비는 차갑지만 관계의 소중함을 깨우고 고독의 정서가 친구를 그립게 만든다. 생명을 재촉하는 봄비는 움츠린 마음에 기대와 활력을 담게 하고, 여름 장대비는 당장 뭐라도 할 수 있을 것처럼 100도의 열정과 가속의 알피엠을 높인다. 폭풍처럼 부딪히고 넘쳐, 내면을 흔들리지 않게만 하면 훌륭하다.

구름과 비, watercolor painting, 2021

추억과 그리움의 매개체

왼쪽에 그려진 수채화는 시점이 구름에 머물러 있다. 구름 위에서 아래를 내려다보면 공중은 희미하고 사물은 선명해진다. 몽롱한 하늘 아래 물이 뿌려지면은 색상과 형태가 분명해진다. 물청소한 듯 흙과 먼지를 닦아낸 사물을 보며 속마음 묵은 때도 씻기면 좋다. 비가 오면 빗줄기가 앞을 가려도 너그러워진 나를 둘러싼 형상을 향한 시야가 뚜렷해진다.

비는 자연의 일부라도, 추억과 그리움을 투영하는 매체다. 비를 맞이하는 관습에 따라 좋은 기억이 꿈틀대기도 하고 일상의 불편으로 다가오기도 한다. 오락가락 내리는 비는 기상 변화 너머 또 하나의 의미. 비 오는 풍경을 보는 시선과 마음이 긍정 부정, 희망과 절망, 기쁨과 슬픔의 갈림길을 결정짓는다. 물이 만드는 마음 촉매가 등장하는 비요일에는 삶에 뿌려지는 물방울이, 소중한 시공간, 풍요로운 마음 결정체를 만들고 있음을 기억해야 한다.

구멍가게 철학

필요를 아는 가게

"할머니! 그거 들어왔어요?" "아직 안 들어왔어. 낼 오후에 와봐."

"아줌마, 소주 두 병 주세요." "밥은 먹고 다니나?"

"지갑 안 가져왔네. 이따 드릴게요." "천천히 줘."

"어머! 이거 유통기간 다 돼가네?" "그런가?"

구멍가게에서 오가는 대화는 일상의 언어다. 물건을 팔려고 가게를 낸 게 아닌 것 같다. 김 씨네, 박 씨네, 필요한 거 뭔지 알고, 장 씨 네 안부를 묻는 곳이다.

구멍가게에서는 특유의 냄새가 난다. 대들보가 부식되는 건지, 종이상자가 오래돼서인지 방향제로 제거 못 한다. 다른 곳에서 역한 냄새가 구멍가게에서는 아무렇지 않다. 동네 가게 문 열어 공항 면세점 냄새가 난다면 쾌적함보다는 낯선 나라인 듯 불편함이 꽤 클 것. 문지방 닳는 냄새, 선반

보현슈퍼, urban sketch, 2023

에 손때 묻는 냄새가 나서 마음 푸근한 구멍가게는 망하지 않는다.

백화점, 있는 거 없는 거

대형마켓이나 백화점 편리한 건 동네 가게 비할 바 못 된다. 남녀노소별로, 브랜드별로 갖가지 물건을 널려놓고 식당도 종류별로 즐비하다. 백화점이 들어서면 집값이 뛴다.

매장이 들어설 만한 동네라는 걸 입증한 셈이니 주민들 자부심이 올라간다. 시장 갈 때 대충 차려입는 이들이 백화점 갈 땐 차려입는 건 점원한테 대우받기 위해서다. 바쁜 점원은 고객을 됨됨이가 아니라 겉모습으로 판단할 수밖에 없기 때문이다.

백화점에는 없는 것이 많다. 시계가 없고 창문이 없다. 시계 없는 건 시간 가는 줄 모르고 쇼핑하라는 거고, 창문 없는 건 딴 데 신경 쓰지 말라는 배려다. 마주 보는 에스컬레이터 없는 건 한 바퀴라도 더 돌라는 것. 화장실 많이 없고 있어도 구석에 있는 것도 마찬가지다. 또 한 가지… 흥정이 없다. 깎으려 하면 삼류 시민 취급받아야 할지 몰라 시도조차 안 한다.

거래의 몸부림

대형 쇼핑몰, 슈퍼마켓 선반은 진열의 미학이 펼쳐지는 곳이다. 눈에 잘 띄는 진열대에 세일 상품, 묶음 상품, 빨리 처분할 상품을 진열한다. 화려하고 잘나가는 것 옆에 끼워 팔기를 한다. 귀를 솔깃하게 하는 빨강 문구도 눈에 띈다.

"오늘만 반짝 세일"

"산지 직송"

"마감 세일"

"재고 정리"

백화점, 대형 쇼핑몰, 물류창고, 슈퍼마켓 할 거 없이 대다수의 매장은 필요한 물품을 필요한 사람에게 전달하는 기능에 머물지 않는다. 한 가지가 필요해서 찾는 이의 장바구니에 열 가지를 채우는 소비 경진대회장이다. 이제까지 장 보러 가서 예상보다 돈을 덜 썼다는 사람을 나는 본 적이 없다. "오늘 뜻밖에 득템했네"라는 사람은 많이 봤어도…. 그렇지만 횡재한 기분은 온라인 가격을 확인하기 전까지만 유효하다.

구멍가게가 남아 있을 이유

인심이 후해야 구멍가게다. 동네 허름한 가게에서는 고객 한 사람 한 사람 개인 맞춤형 서비스로 푸근한 미소가 전달된다. 각자 필요한 거 기억하고 미리 갖다 놓는 배려가 한몫일 것. 어릴 적 손때 묻은 과자 사탕을 볼 수 있어 추억

놀이도 할 수 있다. 한가할 땐 주인과 가격 정보보다 인간사가 오간다. 물건보다도 인적(人跡)이 가치가 있는 구멍가게에 들어서면 깨닫는 게 있다.

"있는데 자꾸 새 거 사라 과소비 풍조 없는 것"

"탐욕이 과열을 부르는 소돔과 고모라가 아닌 것"

메가시티의 초현대식 상가와 대형 주상복합단지가 들어선다고 해도, 구멍가게가 되었건 민속 장터가 되었건 인정이 거래되는 땅이 남아있으면 좋으리.

약수동 골목 가게, watercolor painting, 2023

네모반듯한 집은 가라

발길 부르는 건물

유럽 여행이 설레는 이유 중 하나는 관광지 아니어도 발길 머무는 곳이 헤아릴 수 없기 많기 때문이다. 돈 안 들이는 소소한 즐거움이 일상화됐다고 할까? 아침에 코끝을 자극하는 베이커리, 골목과 메인거리를 잇는 돌길과 아기자기한 상점, 별것도 아닌 물품이 펼쳐진 벼룩시장…. 여행객을 붙잡는 건 단연 각양각색의 건축물이라는 걸 부인 못 한다. 유럽 출장 기회가 많았던 나는 미술품과 역사적 유물보다 그것들이 들어있는 건축물에 미쳐있었다.

성냥갑 건물

여행 마치면 인천공항의 압도하는 웅장함과 편리성이 허락하는 자부심은 잠시뿐… 화려한 스카이라인을 조금만 들춰내면 성냥갑처럼 네모반듯 레고같이 짜인 건축물이 갑갑하게 들어온다. "왜 이렇게 지어야 하지?" 토목기술이 세계적인 우리가 한강 모래판에 마천루를 짓고 중동에서 오일머니를 쓸어온 주역인데 죄다 병원 건물로 보이는 집들이 불만이다. 건축 기술이 떨어지는 것인지 실용성을 추구해서인지 알 수는 없다.

좁은 땅덩어리에 단순함과 기능성이 먼저라고 한다면 할 말은 없지만… "실용성과 아름다움을 동시에 추구하는 게 그리 어려운가?" "빨리빨리 분양하여 수익을 내려는 비지니스 속성 때문일까?"라는 의문 부호가 계속 맴돈다.

고맙다 명동성당

명동에 왜 가냐고 묻는다면 당연히 '명동성당'이다. 서양 건축의 전통미를 따온 명동성당과 약현성당 때문에 우리의 건축에 대한 불만이 좀 사그라든다. 아파트 숲과 빽빽한 도심 연립에 지친 숨도 트이고…. 서양 고딕양식과 로마네스크의 아름다움을 대표하기 때문만은 아니다. 서울 한복판 넓은 대지에 이렇게도 지을 수 있다는 걸 볼 수 있어서다. 화려한 스테인드글라스와 뾰족한 첨탑이 예쁜 명동성당이

명동성당, watercolor painting, 2021

서울의 랜드마크가 된 것은 건축아트를 추구하는 자들의 대리만족 때문이다. 유럽에서 본 건축양식인 듯 아닌 듯한 것이, 한국의 소박함과 실용성을 합쳐, 명동이 고딕양식을 재해석했다고 한다면 어떨까? (시계탑으로 올라가는 계단을 없애고 활용 공간을 넓힌 점이 그렇다)

약현성당이 만든 조화

1898년 지어진 명동성당보다 먼저 탄생한 종로4가 약현성당은 그 존재가 평가절하됐다. 약초가 많았던 언덕의 예배당은 햇볕 길게 늘어진 오후에 방문해야 한다. 아래 그림은 비스듬히 비친 햇살의 노랑 빛을 살리고 그늘 밑 속삭이는 연인의 정겨운 한때를 묘사했다. 소박한 돌벽과 작은 스테인드글라스가 낮은 지붕을 받쳐야만 이런 분위기를 만들 수 있다. 자연과 르네상스와 한국이 조화를 이루는 분위기다.

약현성당watercolor painting, 2023

집 선택할 권리

한국 건축물은 반듯한 모범생 같다. 아파트나 병원이나 구치소나 시청 건물이 다 네모반듯하다. 빠른 성장과 효율성으로 이름난 한국경제가 건축에도 영향력을 행사해 '빨리빨리' 짓고 분양한다. 사유재산, 생명, 신체의 자유가 헌법의 기본권이라는데, 거주에 대한 권리가 제한된 건 아닐까? 살 집에 대해 주체적 결정을 못 하는데도 권리의식이 무뎌진 건가? 뾰족집, 네모난 집, 세모집, 길쭉한 집, 널찍한 집에 살 권리 말이다.

집을 거래하는 곳이 업자 간 대규모 각축장으로 커져 버린 지금 잊혀져 가는 것들이 있다. 우리도 한때 살 공간이 다양했던 적이 있었다는 걸 까먹는다. 삐그덕 목조건물의 단청 처마, 제비집 있고 굼벵이 노는 노랑 초가집, 아기자기한 돌담 벽과 붉은 흙벽과 같이 변화무쌍한 공간이 있었음이 점차 잊혀져 간다.

한집에 오래오래 살다가 싫증 나기라도 하면,

"두껍아 두껍아 헌 집 줄게 새집 다오."라고 말하고는 살 공간에 대한 뚝딱 선택권이 언제든 통했던 시절이 그립다.

서울역, 기억의 소통 공간

시간여행 하는 기차역

서울역은 시간을 지나 기억을 관통하는 기차역이다. 우리나라 모든 새벽 기차가 서울역에서 출발하는 것 같은 느낌은 모두에게 같을까? 남대문 역이었던 이곳은 1900년으로 거슬러 올라간다. 막 태어나서는 경성역으로 창씨개명했다. 유럽 여행 꽤나 한 사람이 좋아할 건축양식은 르네상스풍을 따랐기 때문이다. 큰 지진만 없었다면 더 웅장하고 화려한 역을 볼 수 있었겠다.

지금은 기차역으로 쓰지 않는 게 설마 제국대학 일본 교수가 설계하고, 조선호텔 지은 시미즈 건설이 시공했다는 이유는 아니겠지. 반세기 동안 산업화와 자유여행의 심장이었는데….

옛 서울역사, urban sketch, 2023

여행 없이 찾는 광장

서울역 광장에는 여행객만 모여들지 않는다. 여러 사연을 가진 이들이 각자 이야기를 들어줄 사람을 찾아 방문한다. 새 역사(驛舍) 앞 광장은 들이닥치는 인파로 여백의 공간이 없어서, 여행객 아닌 이들이 구역사(舊驛舍) 앞을 찾아간다. 노숙하는 사람, 전단 나눠주는 사람, 전도하는 사람, 노점 하는 사람… 여행객보다도 더 바빠 보이기도 하다.

저마다의 사연으로 서울역전을 찾는 이들을 보며 시인 고은의 싯구를 떠올린다.

…서울 역전 사람들 빠져나갔다
지퍼가 고장 난 가방 든 채
호남선에서 내린 한 소년이 서 있다
올데갈데없이
바야흐로 네 인생이 시작되는 밤이었다
네 눈에 서울은 고래 배 속
그 고래 아가리에
서슴지 말고 들어가거라…
- 고은, <만인보> '서울역'

추억 부르는 옛 역사

오른쪽에 등장하는 그림의 주인공, 서울역의 두 장면은 모두 새 역사가 들어서기 전 모습이다. 새 건물이 깨끗하고 고급스러운 건 맞지만 수채화 붓으로 그려내기를 거부한다. 곳곳을 찾아봐도 임프레션이 나타날 공간이 없어 보인다. 고층 빌딩에서 비스듬히 바라본 옛 서울역 광장이 적막

해 보이는 이유는 햇빛이 너무 강렬해서일까? 솟구친 태양으로 인해 그림자를 감추어서인가? 그림자로만 봐서는 건물도 짧고 사람도 짧고 가로등도 짧다. 비둘기 그림자는 볼 수조차 없다.

다시 찾는 자아상

정면에서 보는 서울역은 표정은 분간하기 어렵더라도 사

서울역전, watercolor painting, 2021

람의 차림새를 알아채기 쉽다. 옷매무새와 남녀 구분은 물론이고, 몇 명인지 셀 수 있고 신분도 대충 감이 온다. 그러나 시점이 높아지면 달라진다. 서울역을 꼭대기에서 보면 사물에 관한 판단이 불가능해진다. 키 높이도 옷차림도 성별도 같아진다.

진짜 높은 곳에서는 뭘 가졌든 무의미해진다. 꼭대기에서 보면 각자 살고자 아웅다웅 경쟁하는 게 애처롭다. 오르고서야 한숨 돌리면 우리는 말한다.

"멀리 내려보니 지나간 날을 되돌아볼 용기가 생기지."

"아픔에 감사하고 미운 사람을 품어낼 수 없을 줄 알았는데."

멀리 오르면 우리는 서울역 광장을 바라보듯… 오르는 동안 잃었던 자신만의 길, 힘차게 걷고자 했지만 헛디딘 발자취, 집착했던 소유가 남의 일처럼 다가온다. 그제야 비로소 감사한다. 이제는 삶에 객관적으로 다가서게 된다.

"단 하나도 버릴 게 없었구나."

"이제는 인내하리."

그렇게 우리는 자아상을 찾아간다.

율동공원의 색깔

율동공원의 겨울 빛

율동공원의 겨울은 눈부신 고요함으로 시작된다. 하얀 눈 소복이 쌓인 공원 갈대 사이로 작은 새가 날고 눈밭을 경험한 댕댕이가 정신없이 뛰는 발자국이 겨울을 활기차게 한다. 차가운 공기에 짙어진 입김은 거친 숨 때문인지 수다 때문인지 모를 사연을 담고 있다. 주인 따라나선 반려견은 박자 맞춰 강약으로 발을 딛는다.

공원 한켠 자리 잡은 카페에서는 언제든지 따뜻한 커피가 겨울 공기를 달랜다. 몹시 추운 날에는 일회용 컵에서 갓 올라온 모락모락 김이 언다. 눈이 부시도록 흰 눈과 햇살이 빨간 포장 컵과 잘 어울리길래, 난간을 배경으로 작품 구상을 했다. 수채화는 예상외로 훌륭한 조화를 끌어냈다. 눈을 털어낸 갈대가 바람에 살랑거리는 옆 커피잔은 겨울 동화 속 엑스트라로 등장한 것 같다면 과장일까?

율동공원의 겨울, watercolor painting, 2021

율동공원의 겨울은 추우므로 정겹다. 누군가는 홧김에 공원에 나왔을지 모르고, 뜨거워진 머리를 식히러 나왔을 수도 있다. 오고 가는 얼굴들이 갖는 공통점은 눈가에 잡힌 웃음과 입가에 머금은 미소…. 추위는 잊혀지고 칼바람도 느껴지지 않는다. 주인이 곁에 있어 어깨에 힘이 들어간 댕댕이 짖는 소리도 한몫한다.

붉은빛 가을 카페

가을빛이 붉은 날에는 카페 야외 뜰에 앉아 있어야 한다. 오늘 그림 속에서, 마음은 카페로 향해도 낑낑대는 반려견 때문에 망설이는 발걸음이 애처롭다. 오늘의 붉은 카페 그림은 그런 모습으로 채워졌다. 커피 한 잔의 여유를 즐기고 싶은데 주인의 마음을 이해해주지 못하는 반려견의 시점에서 분위기를 살려보았다. (의도한 게 아니라 그리고 나서 해석했다)

아래 카페 그림은 모처럼 공원에 가서 작업을 했더니 아이들이 모여든다. 작전 성공이다. 아이들을 너무도 좋아라 하지만 요즘은 함부로 말을 걸면 안 된다. 그래서 수채화와 예쁜 강아지는 자연스럽게 동심을 이어주는 수단이다.

한창 그림을 그리고 있는데…

"아저씨 화가예요?"

"이 그림 그려서 팔 거예요?"

"나두 그림 그리는 거 좋아하는데."

아이들이 달려와 이것저것 묻는다. 방해하지 말라는 아이들 엄마의 잔소리는 아랑곳하지 않은 채….

율동공원 카페, watercolor painting, 2024

시시각각 변해야 아름다워

율동공원은 계절별로 하얗고 붉게, 연두와 초록으로 짙어진다. 마음이 혼란스러워질 때는 공원을 찾아야 한다는 뜻이다. 명쾌한 자연색을 따라 마음을 채우기 위해, 시절따라 볼거리를 제공하는 일관성을 본받기 위해, 율동공원이 그려내는 색의 변화는 배경의 소품이 제 역할을 다할 때 그 빛깔이 의미 있어진다. 각자의 소임은…

'미묘한 바람의 변화에 흔들리는 갈대 소리'

'지치지 않고 살랑이는 반려견의 활력'

'계절 따라 변화하는 카페의 향기…'

율동공원을 배경으로 서 있는 모든 개체가 잘 어우러지면, 이른 봄 꽃샘추위, 한여름 뜨거운 열기, 늦가을의 메마름, 한겨울 추위는 모두 공원이 창조하는 작품으로 변한다.

비요일에 강남

비 와서 선명한 곳

비에 젖은 강남이 어둑해진다. 건물과 도로가 물에 젖어 새 정체를 드러낸다. 회색 하늘 때문에 거리 색은 더 짙어지고 질감은 도드라진다.

"젊음이 에너지를 발산하기 때문인가?"

형광 네온사인과 현대식 건축물이 가득하다고 한들 발걸음이 뜸하면 강남스타일이 아니다. 한눈팔지 않고 바삐 움직이는 걸음에 그럴싸한 명분은 어울리지 않으니….

비 내리는 강남은 유럽의 거리로 바뀐다. 빗방울이 아스팔트에, 유리창에, 자동차에 떨어진 빛이 우아한 화학작용을 일으키기 때문. 강남스타일이라 불리려면 비 오는 날 주변 색깔이 강렬해야 한다. 빨강은 더 빨갛게, 노란빛은 더 눈부시게, 초록빛은 빛꼬리가 더 길어지도록…. 그래야 빗방울 튀기며 걷는 우산 쓴 커플의 뒷모습이 강남 분위기에

비오는 강남대로, watercolor paintig, 2023

빠져들게 할 수 있다.

세대 간 조화의 화려함

어리다고 젊음이 아니다. 에너지와 열정이다. 강남에 즐비한 카페, 레스토랑, 쇼핑몰은 젊음으로 북적이지만, 은색 회색빛 머리가 젊음을 조화롭게 한다. 강남 거리는 섞임으로써가 아니라 서로 함께 기대어 낭만 문화가 된다. 시니어는 여유로서 존재감을 들춰내고 주니어는 젊은 활기로 분위기를 띄울 때 조화로운 현실이 만들어진다.

빗방울 속에 뭉개진 형상과 빛의 반사는 그 자체로서 작품이기 때문에 더 꾸밀 필요는 없다. 가로등 빛은 빗줄기에 젖어 더 밝게, 발자국은 동심원에 리듬을 타고 춤을 춘다. 안단테, 모데라토, 알레그로, 피아노, 포르테로 속도와 강약을 맞춘다. 자동차 후미등은 물기 먹은 바닥에, 유성처럼 길고 흔들리는 빛잔치를 한다. 다른 곳에서의 비 소식은 날씨 정보이더라도 강남에서는 또 하나의 이벤트가 된다.

물방울 빛잔치, watercolor painting, 2020

빗속의 자유의지

여름날 장대비가 강남 거리에 쏟아지고 아무도 보는 이 없다면, 속옷 바람으로 비를 맞아도 좋겠다. CCTV는 치안을 지켜주느라 24시간 애써주지만 강남을 즐기는 자는 낭만을 빼앗기는 대가를 치러야만 한다. CCTV와 지켜보는 이목이 없다면 밤새 미친 듯이 이 거리를 걷는 것만으로도 새로운 경험이 될 것이기 때문이다.

강남스타일이 된다는 건…

첫째, 솔직함이 열정으로 뿜어져 나오는 것,

둘째, 나만의 스타일로 주체적으로 색을 입히는 것,

셋째, 나이와 성별과 신분을 넘어서는 것이다.

모든 빗방울이 각자 다른 빛을 투영하는 것처럼, 고유한 색채가 내면의 빛을 환히 밝힐 때까지 내 스타일을 찾고 또 찾아야 한다.

오포_잃어버린 풍광

물소리 나는 곳

오포 산다고 하면 좋은 데 산다고들 한다. 일일이 답변하기 귀찮아 웃어넘긴다. 유명인들 별장이 생길 때는 공기 좋고 운치 있는 곳을 찾아 들어왔겠지만, 그런 혜택은 이제 기대하기 어렵다. 물소리 나는 실개천이 흐르는 건 그때나 지금이나 변함없어 다행이긴 하다. 가끔은 물이 맑다. 비 올 때만 그렇다는 게 흠이긴 하지만….

아래 그림은 비 온 뒤 무지개가 보이는 오포 능평삼거리를 배경으로 한다. 물에 비친 그림자가 예쁘게 아른거리지만 실제로는 지저분한 것들이 많다. 현실이 수채화 속에 감추어지는 게 이런 매력이다. 수채화를 좋아하는 사람만 아는 매력….

무지개 뜬 능평삼거리, watercolor painting, 2020

한 뼘 자투리땅이라도

김영삼 정부 시절 지자체가 들어선 후, 살기 좋은 동네 만드는 데 우승 트로피를 건 듯 서로 경쟁하는 게 싫지 않았었다. 제2의 새마을 운동이라 해도 틀린 말이 아니다. 근데 이 동네는 다른 지자체와 경쟁하는 게 아니라 업자끼리 필사적으로 경쟁하는 것 같다. 자투리땅 한 평이라도 보면 풀 한 포기라도 끝장내고야 직성이 풀리는 그들이다.

단지를 쪼개서 집을 짓기 때문에 공원도, 놀이터도 없다. 단지가 일정 규모 이상이면 공원이 의무화되어 있다는 걸 우리가 알지 못한다고 여기는지는 모르겠다. 안다고 생각하면서도 그렇게 짓는다면 더 괘씸하다. 해코지당하는 것보다 무시당하는 것은 못 참는 게 한국인의 습성 아닌가. (공무원과 업자는 이 점을 새겨야 한다)

남아있는 정겨움

처음 이사 와서 비 오면 개구리가 울고, 소쩍새도 지저귀고, 어쩌다 한 번 딱따구리 소리를 들어 행복했다. 까마귀는 왜 많은지 모르겠지만 자꾸만 보니 친근해졌다. 사이 사이 오솔길도 많아서… "혼자 걷는 걸 좋아하는 내게 행복한 동네가 걸렸구나."라고 생각했다. 하지만… 웬만한 곳은 막다른 골목으로 끝이 난다. 산등성이 나올 것 같은 길을 오르면 주택단지가 나오고 비켜 가면 철조망이 버티고 서 있다.

개인주택에 딸린 길인지 공유지인지 모를 길을 태연한 척 밟는 것도 피곤하다. 지금은 바깥 산책을 포기하고 두 평 남짓한 발코니에 뻔질나게 드나들며 햇빛 샤워하는 걸로 만족한다. 미니 러닝머신을 들여놓고 매일 뛰는 것도 익숙해졌다. 이 녀석이 꽤 똘똘해서 운동량을 정확하게 체크해주는 건 대체할 수 없는 만족이다.

비 온 후 무지개가 명도 높게 다가오는 건 도심에 비해 비교우위에 있다. 5년 전 저장해 놓은 쌍무지개 동영상은 아직도 감상 중이다. 물이 돌에 부딪혀 나는 소릴 들을 수 있다는 점도 포기할 수 없는 매력. 물에 드리워진 나뭇가지, 우거진 수풀에 숨어있는 물오리 한 쌍도 정겹다.

개천 뚝 중절모, urban sketch, 2023

풍요의 삶을 거래하는 곳

어느 날 동네 개천 뚝을 걷는 중절모 신사가 채색본능을 자극했다. "얽히고설킨 난간 배경의 뒷모습은 어반스케가 딱이다."라 생각하며 휴대전화 갤러리에 저장했다. 순간적인 흥분은 현실보다 과장되거나 왜곡되어 표현된다. 수채화에서 길의 구성이 마치 뫼비우스의 띠나 에셔의 그림을 떠오르게 한다. (한 과학자가 그림을 보고서 횡단 보도를 그리다 말았고 옆길을 다른 색으로 칠해서 착시를 일으켰다고 분석했다)

현실을 과장하는 건 부동산도 마찬가지다. 부동산 업자들은 늘 같은 말을 되풀이한다.

"서울서 광역버스로 코 닿는 곳입니다."

"주변 풍광이 너무 좋습니다."

"시세는 꼭 오를 겁니다."

수채화로 현실을 왜곡하는 건 괜찮을 거라 여기면서, 오포 어반스케치를 감상하는 사람 중 부동산 관계자가 있다면 제안 하나 하고 싶다.

"집은 숨을 쉴 수 있을 정도로 간격을 붙이자."

"공원부터 먼저 짓고 집 짓는 건 어떤지…."

"교통 문제 먼저 풀고 건축 설계하자."

제안이 받아들여진다면 집 장사가 문제가 아니라, “풍요의 삶을 거래하는 시장이 생겨나지 않을까”라는 상상하며 행복한 미소로 우리 동네 어반스케치를 마무리한다.

남대문의 하루

분주한 숭례문

2년 가까이 남대문으로 출퇴근한 적이 있다. 남대문이 보이는 빌딩 12층에 회사 사무실이 자리했기 때문이다. 하루 종일 보이는 남대문 그림자는 육안을 향해 해시계처럼

남대문의 하루, watercolor painting, 2021

시간의 흐름을 알려주는 존재였다. 그림자가 반 바퀴를 도는 동안 새벽부터 퇴근 무렵까지의 남대문은 변화무쌍한 모습이 한반도 급 스케일을 자랑한다.

숭례문은 우리의 수도가 한양도성이었다는 정체성을 확인해준다. 존경한다는 의미의 '숭(崇)', 예법을 따른다는 '례(禮)'를 합하여 만든 대문을 드나드는 성민은 하루에 적어도 두 번 웃거름을 만져야 했을지 모른다. 2008년 방화 사건이 없었더라면 조선의 그윽한 단청 색을 지금까지도 구경할 수 있었으련만 이제는 서울의 오래된 역사와 전통을 성곽으로나마 감상하는 걸로 만족해야 한다. 마치 중국의 시안처럼 과거와 현재가 절묘하게 공존하는 영역이랄까… 길 건너 상공회의소 주변이 강남의 축소판이라면, 이쪽은 강북의 모습을 대변해 주는 듯하다. 서울의 바쁜 일상을 보기 위해 외국인 방문객은 이곳을 꼭 들려야 할 필요가 있다. 일단 찾아오면 그들이 비로소 깨닫는다.

"남대문은 조선시대부터 이어져 온 인간 교류의 논픽션 드라마구나!"

남대문의 하루

아침 8시쯤 출근하면 거리는 조용하고, 여기저기 배회하는 노숙인은 햇빛 샤워에 여념 없다. 아침에 비둘기에게 먹이 주는 걸로 사치를 부리는 노숙인은 한가롭다 못해 외로워 보인다. 아침 9시가 훌쩍 지나서야 문을 여는 가게 좌판에는 해산물, 옷감, 오밀조밀한 기념품이 오와 열 맞춰 줄을 선다. 아침의 고요함은 짐꾼들의 삐그덕 바퀴 소음에 불현듯 깨어나고, 상인과 손님 간 흥정은 남대문이 자유 경쟁 시장이었음을 새삼 깨닫게 한다.

저녁 6시, 시끌벅적했던 남대문의 일상이 끝나고 건물에서 인파가 빠져나올 무렵, 무얼 찾아 나섰는지 모르던 노숙인들이 모여든다. 그러고는 약속이라도 한 듯 지하 통로에 저마다 한자리씩 차지하고 어디서 났는지 골판 종이상자로 집을 짓는다. 큰 가전제품 상자는 테이프로 몇 번 고정만 해주면 돼서 작업이 수월하다. 자질구레한 상자 여럿은 덕지덕지 오리고 붙여야 해서 더디고 불편하다. 한번 마무리가 되면 하룻밤 지내기에 완벽한 아지트가 된다. 다음 날 새벽 흔적도 없이 자리가 깨끗해지는 건 자발적인 건지 구청의 계도에 의한 건지 확인할 길은 없다.

노숙인의 아침햇살, watercolor painting, 2021

꼭대기 시선

12층에서 바라보는 행인들은 남녀노소 분간하기 어렵다. 직장인인지, 상인인지, 노숙인인지, 지체 높은 분인지, 사업 망한 사람인지…. 공통되는 한 가지는 모두 어디론가 향해 부지런히 움직인다는 점이다. 흙장난하는 아이가 개미를 바라보는 거 비슷하다. 끊임없이 움직이는 개미 중 진짜 일하는 20%가 누군지 알 수 없듯이 누가 열심히 사는지는 알 도리가 없다.

바글거리는 사람들을 내려다보면 누구라도 이런 생각이 든다.

"매일 똑같이 바쁜데 뭘 바라고 움직이는 걸까?"

"살아생전 다 보상받을 수 있으려나?"

"아니, 죽어서라도 누가 알아줄까?"

한 가지는 분명하다. 많이 벌어 떵떵거리며 산 사람도, 평생 죽어라 고생해도 집 한 칸 마련 못 한 사람도, 각자 생명 다할 때 겨우 누울 만큼의 자리만 차지한다는 걸…. 노숙인들은 한 평도 안 되는 집을 지어보았으니 더 익숙할지는 모르겠다. "아! 요즘은 화장(火葬)이 대세이니 이제는 모두 가루가 되어 겨우 한 뼘 되는 단지에 들어가야 하는구나."라는 생각에 몸뚱어리는 흙에 돌려주고 진짜 좋은 생을 맞이할 궁리하며 살리.

남대문 거리, watercolor painting, 2021

남산 벚꽃의 추억

우뚝 솟은 방향타

동서남북에서, 가까이에서든, 멀리에서든 한눈에 보이는 남산…. 보지 않아도 있음이 느껴지는 존재다. 아무 데서나 보이는 남산타워가 우뚝 섰기에, 10시 방향에 서 있는지, 5시 방향인지에 따라 어디쯤 내가 있는지 확실하게 가늠할 수 있다. 서울 토박이인 내게 남산은 어머니처럼 친근하다.

다니던 회사가 남대문에 있어서 화장실에서도 남산길이 훤히 보였다. 화장실 한 면이 통유리로 된 채 남산을 정면으로 맞이한다. 당시 나는 소변을 본다는 핑계로 남산 삼매경에 빠져 화장실에 들락날락했다. 어느 날 낮고 진한 구름이 남산 등성이를 내 앞에 성큼 몰고 왔다. 산수화를 감상하는 것 같은 기분을 지나칠 수 없어 카메라를 들이댔다.

비 개는 남산골, watercolor painting, 2021

비 온 뒤 쏟아진 벚꽃

시절 따라 바뀌는 남산의 정취는 서울에 숨을 불어 넣는다. 봄이면 남산 주변 골목과 가로수는 절묘한 변화를 겪는다. 연두, 노랑, 초록, 연분홍으로 수놓은 봄이 익어갈 무렵 벚꽃은 계절의 절정을 가져온다. 그리곤 어느새 비 온 뒤 벚꽃이 피날레를 장식한다. 빗방울 머금은 벚꽃 잎들이 쏟아진 뒤, 세상은 잠시 흰 물이 든다. 떠내려가는 꽃잎은 하수구에 빠져들며 애절한 기다림을 약속한다.

"내년에 보자!"

남산 필동에 위치한 이모부 회사를 찾았다. 조선 후기 가난한 선비들이 글공부하고 서예 하던 필동. 필동의 선비들을 '딸깍발이'라고 했다. 딸깍딸깍 소리 나는 나무 신을 신고 다니면서 일은 안 하고 책만 보는 선비들을 비꼰 말이다. 비가 흥건하게 고인 날은 딸깍발이 신발이 꽤 편리했을 것 같다.

비가 오는 남산골, urban sketch, 2023

이모부를 찾아간 날 봄이 무색하게 장대비가 내렸다. 벚꽃이 만개해 활기차고 화사한 남산골 골목을 구경시켜주려 하셨던 이모부의 정성은 물거품이 되었다. 그날따라 웬 비가 그리 거세게 내리던지, 가지에 남아있던 마지막 한 꽃잎이라도 남김없이 떨구어내려 했다.

변함없이 그 자리에

벚꽃은 떨어져도 서울의 봄은 계속된다. 필동의 오래된 건물들 사이로 작은 터널을 따라 걸으면 시간여행을 할 수 있다. 필동에 대한 느낌은 비 온 뒤에 강렬해진다. 물방울에 반사되는 꽃잎의 색깔이 오래된 건물의 벽과 조화를 이루며 남산을 병풍으로 산수화를 만들어낸다.

남산골에서 맞는 서울의 봄, 비 온 뒤 벚꽃, 따스함 피어나는 필동 골목은 교향곡 '서울의 봄'을 완성한다. 시간이 가도 변하지 않는 황홀함을 가져오는 봄비 내리는 서울의 노래다. 서울의 봄을 들으며 생각에 머문다. 남산골처럼 언제나 우두커니 서서 골몰한다.

"네가 서 있는 곳은 남산의 남동쪽이야."

“6시 방향으로 가야 해.”

“이제 온 만큼만 더 가면 되지.”

친절하게 알려주는 나침반 같은 존재가 될 수 있을까?

이제서야 남산타워에게 나는 고백한다. 언제나 거기 있어 줘서 참 좋다고.

〈넷〉

골목길의 추억

인생 통근길

중요한 의식

통근길은 하루 일과 중 지나치기 쉬운 과정이라도 경험이 누적되기에 중요한 리추얼이 될 수 있다. 아침 출근길 첫 햇살이 그날의 정서를 정해주고, 퇴근길 저녁 빛깔의 차이가 대미를 장식하는 데 기여할테까…. 늘어지는 그림자 길이가 비슷해지는 시점들이 사뭇 다른 느낌으로 다가와도 순간의 가치를 추구하는 자에게는 아침도 중요하고 저녁은 더 소중하다.

집 안에서 나설 때 잠깐 마주하는 햇살은 화사하고 생동감으로 다가온다. 기대에 부풀어 하루를 시작하는 사람에게는 희망과 에너지의 원천이 새 빛에서 나온다. 정직과 성실의 가치를 아는 사람이라면 그날 한바탕 도전에 맞설 자신감이 하늘에서부터 내려오는 시간이다. 상쾌한 아침 공기 마시며 효율적으로 발걸음을 떼는 이들이 맛보는 용기다.

북창동 아침 햇살

아래 그림에는 북창동 골목의 아침 출근길이 담겨있다. 무게감 있는 햇살이 뿌려지는 길 위에 전진하는 사람도, 마주 오는 사람도, 땅에서 부리를 조아리는 비둘기도 자기 그림자를 길게 늘어뜨린다. 지구 자전축이 아직 본격적으로 회전하지 않은 때라 빛과 그림자가 강렬하진 않아도 끈질기게 이어진다. 아침 보폭이 퇴근길 걸음의 두 배인 것은 그림자처럼 길고 힘든 하루를 앞둔 몸에서 아드레날린이 나와서다.

출근길 아침햇살, watercolor painting, 2022

같은 빛 다른 느낌

강렬한 햇살이 모든 사람에게 공평한 보상이 되는 건 아니다. 게으른 사람들은 부담스럽게 등장하는 빛과 그림자를 경계한다. 아직 깨어나지 않은 때 성가시게 각성을 요구하는 자연현상일 뿐이다. 하루 시작이 그다지 달갑지 않은 이들은 저녁 햇살만 반갑다 말한다. 하루 일과를 마치고 돌아가는 길, 때로는 약속 장소를 안내하는 빛은 8시간 전에 보았던 그 빛과 사뭇 다르다. 성가시게 내리쬐던 입자가 발걸음을 포근하게 감싸며 안식을 재촉한다. 하루의 책임을 다하지 못한 자책감을 잊게 하는 붉은 담요가 하늘에서부터 감싸옴을 몸이 느낀다.

저녁 광장

오른쪽의 그림은 퇴근길 저녁 햇살을 묘사한 수채화다. 아스라이 비치는 저녁 햇살이 광장에 솟은 동상의 어깨 너머 퇴근길 횡보하는 행인들의 머리를 타고 흩어지는 길목이 담겼다. 아침보다 보폭이 작고 느린 직장인들의 몸에서는 엔돌핀과 옥시토신이 뿜어져 나와 빛의 파장과 절묘한 조화를 이루어 낸다. 뒷모습밖에 보이지 않는 직장인들의

퇴근길 저녁광장, watercolor painting, 2024

모습이지만 그들 두 어깨에서 하루가 보람되었다는 듯 뿌듯함이, 종종걸음에서는 “오늘도 무사히…”라는 안도의 한숨이 배어 나온다. 출근길을 묘사할 때 하루 시작에 제격인 오렌지빛 물감을 바탕에 깔았지만… 일과를 정리하고 돌아서는 길은 코발트 풍의 푸른 빛에 노랑 파장을 버무리면 좋다. 당당하게 하루를 끝낸 이들에게 대한 색채의 보상이다.

같은 햇살 아래

출퇴근길의 느낌이 서로 달라도 공통되는 한 가지는, 강렬한 파장에 자극받은 생에 대한 갈망이 아닐까. 열심히 일한 이에게 시시각각 흩어지는 빛줄기는 한결같은 보람으로 다가가고, 매 순간이 소중해서 큰 정성 쏟는 이들에게는 끝없이 격려하고 도전하라 하는 자연 강장제다. 시간에 좇기는 사람들에게조차 아침저녁 동행하는 햇살은 불안 스트레스 달래는 자연의 배려다. 아침 풍경의 상쾌함을 느낄 여유 없다 하고 피곤과 후회로 저녁이 낯선 이들에게도 위로와 평안함이 될 빛줄기다.

각자의 몫

아침에 집을 나서거나 일 마치고 보금자리 향하는 풍경을, 포르테/알레그로의 경직된 분위기에서 피아노/안단테의 안식과 평안으로 탈바꿈시키려거든 낮에 어깨에 지워진 임무에 책임을 져야 한다. 순간순간을 충실히 흘려보낸 자에게만이 저녁 햇살의 안식은 뚜렷하고 지속되는 속성을 갖는다. 인체의 시간 동안, 나왔던 길과 돌아갈 길이 아름답게 포장되는 건 사는 동안 꾸밀 책임이 맡겨진 자에게 달려 있다. 인생은 통근길과 같다. 아침에 새 도전을 하나씩 세워 나아가고, 저녁에 성취감에 취하든지 회한과 돌이킴으로 마무리하든지는 각자의 몫이다. 시작과 끝이 일관성 있게 아름다우려면, 순간이 하루가 되고 하루가 일 년이 되고 일 년이 인생이 될 때까지 정성 가득 담아 호흡하려는 노력에 달렸다.

일관성 있는 빛줄기

아침 햇살을 맞이하며 하루를 환영하고, 저녁노을을 바라보며 새날을 기약하는 이는 통근길의 아름다움을 다섯 배나 높이는 사람이다. 출퇴근길에 맞는 빛줄기가 황홀하려면 매 순간을 소중히 할 핑계를 찾고, 능력이 본분을 다 할 때까지 희망의 끈을 놓지 않거나, 소소한 일상의 아름다움을 세밀히 관찰해야 한다.

내일 아침 출근길에는 망막에 부딪히는 빛의 파장을 받아 멜라토닌을 충전해 보자. 저녁 퇴근길에서는 길고 따사로운 빛에서 뿌듯한 보람과 여유를 저축하자. 그런 날들이 하루하루 쌓인 인생은 100년 동안 일관성 있는 빛줄기가 환한 기쁨을 선사하리니….

서소문길 걸으며

사계절 다른 옷 입는 길

아래 그림이 익숙하다면 서울의 골목길을 꽤나 사랑하는 사람임이 틀림없다. 봄 여름 가을 겨울 다른 옷 입어 색의 향연을 도시 구조물과 함께 만드는 곳, 고즈넉하고도 엄숙

서소문길, watercolor painting, 2024

한 옛집과 현대 호화 건물이 엄연하게 어울려 발길 머무는 곳, 여름에 시원한 그늘 만들고 추운 날에 볕이 모아져 들뜨는 목적지가 바로 이곳이다.

눈치챈 이들도 있겠지만 오른쪽 사각 건물은 서울시 의회 건물의 한 귀퉁이다. 왼쪽에는 우리나라에 몇 안 되는 영국 성공회 성당을 대표하는 건물이 자리 잡았다. 100년 가까이 된 서울시 의회 건물은 낡은 세월을 덮으려 페인트를 겹겹이 발라 숨쉬기 어려워 보인다. 반듯해 보이는 담벼락에 시간의 흔적을 덧입히려 부러 얼룩을 입혔고, 왼쪽 성공회 건물은 빛과 어둠의 대비를 실제보다 강렬하게 묘사하여 황금대의 순간이라는 느낌을 전하려 했다.

그림은 겨울을 말한다. 곳곳에 상록수가 자리 잡아 푸르름이 올라와 있지만, 한복판에 덩그러니 놓여 있는 거목은 잎 하나 남아있지 않은 벌거숭이 가지의 경연이다. 따뜻한 색깔로 채워진 골목길에 혼자 옷 입지 않아 춥고 더 외로워 보이는 나무는 저 혼자 계절을 말해주어 애처롭다.

가을천장, watercolor pointing, 2020

가을 천장 길

같은 골목을 시간과 시점을 달리하여 그림으로 그리는 건 그림 취미를 가진 사람만 아는 매력이다. 좌측 상단에서 바라보는 서소문 골목의 천장은 울긋불긋 가을 잎사귀가 빼곡히 햇볕을 차단한다. 두텁게 빛을 막아준 나뭇잎 천막 덕분에 오르막길 오르는 등허리 땀이 시원한 그늘에 말려진다. 같은 장소를 다른 시간에 가고 또 가는 이유는 갈 때마다 빛의 강도와 색깔의 콤비네이션이 변화무쌍하고, 마음 상태에 따라 다른 주제로 골목길과 대화를 나눌 수 있기 때문이다.

서울시 의회 건물에서 성공회 성당과 상설 전시를 제공하는 서울시립미술관을 지나, 19세기 선교사 아펜젤러가 세운 정동교회에서 덕수궁으로 이어지는 길이 그냥 '산책로'라 불리는 건 명예롭지 못하다. 인생의 기쁨과 슬픔, 위기와 행운을 말하는 천로역정이라 해도 틀리지 않는다. 천연 보도블록 사이로 파릇파릇 비집고 올라온 이끼는 세월의 흔적을 말해주고, 벽 청소해도 지워지지 않는 물때는 시간의 무게로 내려앉는다.

역사의 파노라마

한양도성의 서쪽 작은 서소문은 흔적도 없이 사라졌지만, 서울의 역사와 전통은 레트로와 모던 감성이 함께 리메이크됐다. 순식간 다양한 이야깃거리로 마음 달래려 한다면 서소문 길이 답이다. 흔들리는 나뭇가지의 환영을 받고 성당의 장엄한 분위기에 세상 소릴 끊고 정동교회에 들러 순교의 축복을 누려보라. 덕수궁을 지나면서 화려한 처마를 보며 중세 한반도의 절대미(絕對美)를 감상하지 않는다면 헛된 발걸음이 될 터. 마지막으로, 무력한 왕 고종이 치욕으로 걷던 '아관파천(俄館播遷)'의 길을 걸으며 절대 군주국에서 식민지를 지나 공화국으로 넘어가는 노정을 새겨보자.

인생역정 서소문 골목을 걷지 않는다는 것은, 시시각각 바뀌는 미의 향연을 감상하지 않고, 깊게 새겨진 역사를 무시하는 것 같은 처사다. 수백 억 원 지방 청사 신축 경쟁이 치열한 때, 100년을 향한 의회당사부터 빅토리아 건물과 목조궁궐 지나 역사의 뒤안길을 맛보는 이곳을 걷고 나서는 한숨 돌려 나를 느끼는 시점이 온다. 평상의 산책을 넘어, 서울의 역사 문화에 대한 존중을 완성하라. 그리고 오늘날 이 땅에서 쉴 새 없이 호흡하는 나에 대한 예를 표하라.

시장에 가면

율동공원 구르마 할머니

율동공원에 가면 달구지(유모차)를 끌고 오시는 할머니가 종종 보인다. 자리를 아이 대신 온갖 채소가 차지했다.

율동공원 할머니, watercolor painting, 2020

길을 걷던 중년 아주머니가 멈춰 선다.

"할머니 깻잎 직접 키우신 거예요?"

"파 한 단에 얼마예요?"

"이 쑥 길에서 캐신 거 아니죠?"

보청기를 낀 할머니는 다 들으셨는지 아닌지 연신 고개를 끄덕이신다.

할머니 채소의 가치

공원 구석의 노점 할머니 유모차에는 운반수단 이상의 사연이 담겨 있다. 작은 텃밭에서 가꾼 채소는 시들어도 정성이 남는다. 직접 키운 채소는 나를 위한 먹거리라서 볼품없이 몸에 좋다. 품 안에 키운 자식이 말썽 피워도 쏟는 정성이 변함없듯, 돗자리에 펼쳐놓을 채소 골라놓고 할머니는 새벽 밝기 전에 일어나 뿌리 고르고 줄기 다듬어 놓기를 한참 전이다. 공원 구석에 마련한 작은 노점은 그 수고가 자릿세다.

할머니 채소는 보기보다 영양 있지만, 발품에 비해 돈벌이는 변변치 못하다. 이른 아침에 시작해서 해 질 무렵까지

팔아도 품삯에도 미치지 못하는 소액으로 무얼 하실까? 할머니의 경제활동을 마르크스가 보면 노동착취, 소외현상을 들먹이진 않을까? 할머니의 노동과 보상의 불균형이 교과서 이론보다 큰 의미를 남기는 건 분명하다.

유럽의 정취_시장 어귀

외국에 출장 가면 꼭 들르는 곳이 사람 북적이는 시장 어귀다. 관광지와 유적지에서 자주 접하는 '접근 금지' 팻말이 없고 '만지지 마시오'라 말하는 사인이 없기 때문이다. 비즈니스 미팅 때 느끼지 못한 외국 정취가 거기에서는 여과 없이 작용한다.

외국시장에서는 상품이 주인공이다. 각양각색의 물건이 색의 조화를 봐가며 진열대를 장식하는 거 같아 발길이 머문다. 물건의 품질에 더해 제조 역사와 전통, 색의 조화가 더해져 구매자의 시선을 끈다. 진열장이 그 자체로 하나의 쇼케이스라서 지갑을 열지 않아도 시간의 소비를 눈이 즐긴다.

유럽 시장 거리, urban sketch, 2023

한국 장터가 추구하는 것

외국시장에서 상품이 주인공이라면 한국 장터는 사람과, 오고가는 이야기가 먼저다. 돈과 물건만 거래되는 게 아닌, 밖에서 물가를 체험하고, 먹고 사는 데 공감하고 소통하는 공간이라서다. 거기선 파는 사람의 믿음직함으로 상품값이 결정된다. 친절은 기본이고 표정과 인상, 너스레와 우스개의 말솜씨는 하루 매상의 반을 차지한다.

광교 벼룩시장

한국 장은 각자의 묵은 소식을 펼쳐내는 빨래터다. 경험과 기억이 거래의 성사를 좌우한다. 상품 가격표, 유통기간보다 중요한 게 상호작용의 친밀이다. 낯선 이와 친해지려면 한국 시장에 가야 한다는 이론이 성립된다. 지갑 열 때 각자의 삶을 엿볼 수 있는 게 한국 장보기의 매력이다.

시장에서 구매하는 가치

한국이나 유럽이나 시장은 물건 구매에 더해 경험의 가치를 매입한다. 그렇지 않다면 온라인 구매로 족하다. 울타리 밖으로 나가서 세상과 소통하는 가치는 이런 것이다.

"날마다 새로운 걸 경험하는 가치"

"다양한 사람과 관계 맺는 가치"

"시시각각 색다른 삶과 생소한 문화를 느끼는 가치"

사고파는 걸 넘어, 삶의 새 의미와 영감을 주고받는 공간이라면 확신해도 좋다. 모든 이가 인터넷으로 다 주문해도 오프라인 마켓은 관계의 장터 기능이 절대 쇠락하지 않는다는 걸….

담벼락 소통 프로젝트

천사 날개가 유행한 이유

한때 많은 이들의 카톡 프로필에 날개 달린 천사의 모습을 한 사진이 유행했던 적이 있다. 구약의 언약궤 위 그룹 천사의 날개처럼 장엄한 날개가 파랑 하늘 벽을 뒤로 하고 깃털 구름이 흩날리는 배경이 천편일률적이다. 수많은 이들이 이화 벽화마을 천사 날개를 배경으로 사진을 찍었을 터. 대학로에는 연극 뮤지컬 보러 간 사람만 있지 않았다. 낙산공원 위로 펼쳐진 담벼락 예술을 구경하고 갤러리에 담기 위해 많은 발걸음이 이어졌다.

담벼락 예술

낡고 쓰러져 가는 담벼락도 예술가의 손길이 닿으면 쩍쩍 금 간 것도, 휑하니 구멍 난 것도 기막힌 작품이 된다. 그림 속 이화마을은 수평으로 금이 가는 옛 벽과 패인 아스

이화동 벽화마을, urban sketch, 2023

팔트, 뒤엉킨 전깃줄이 모두 작품 구성에 기여한다. 볼품없는 천사 날개 벽이 휴대폰 갤러리를 통해, SNS를 통해, 어반스케치를 통해 끊임없이 확대 재생산 된다.

이화마을, 문래동, 삼청동, 남산골에서와 같이 그림 있는 담벼락은 이제는 삶의 경계를 구분 짓고 바람을 막아주는 벽체라 할 수 없다. 꿈 잃어가는 마을에 상상 스토리와 개성의 시대를 열어주는 존재다. 후미진 골목 지나치기 쉬운 순간을 포착하여 기회로 탈바꿈시킨다고 해도 틀리지 않는다. 공간의 정체성과 주민의 문화적 자부심은 덤이다.

그리는 손길 감상의 마음

'그리는 마음'과 '감상하는 마음'이 상호작용해야 공간의 혁신이 올바로 작용한다. 그리는 손길이 예술혼을 인정받으려 재능기부 했을 테고, 감상하는 이는 볼거리를 남겨주어 고맙다고 했을 것이다. 화가는 연이어 색칠하고 행인이 또다시 찾아오면 담벼락 예술은 목적 달성이다. 골목 화랑은 장삿속이 아니라 교감과 이해로 이어질 때 명소로 탈바꿈한다. 지역 상권이 살아나는 게 첫째 목적이 아닐 때 가능한 일이다.

멀쩡한 벽이라도 고의로 색채를 입히면 뜻밖의 조화로 골목 갤러리가 탄생할 수 있다. 어느 날 남산 회현동 골목을 산책하다가 큰 돌이 가로 세로 박힌 옛날 벽에 예쁜 색을 치장한 자태가 예사롭지 않아 카메라에 담고 어반스케치로 재현했다. 깊숙이 틀어박힌 짙은 회청색과 가로수는 밝은 벽화와 완전한 균형을 이루었다.

회현동 담벼락, urban sketch, 2022

어지러운 마음으로 항변하는 그래티피는 정신을 말살시키고 공간의 정체성을 떨어뜨리지만, 예술혼을 담은 벽화 프로젝트는 장식의 단계를 초월하여 서로의 소통을 활성화한다.

“주민과 방문객의 열린 대화가 가능하게…”

“예술가와 일반인이 함께 호흡할 수 있도록…”

“옛것과 현대적인 것을 조화로울 수 있게…”

서울의 담벼락 프로젝트는 그렇게 성공담을 만들어간다.

우리는 오늘도 마음속 거미줄을 거둬내고 원망과 불신의 그래피티 대신 희망의 벽화를 새겨 소통의 거리를 좁힐 수 있다. 후미진 벽을 허무는 대신, 다채로운 색을 입혀 과거 미래와 소통하고, 담벼락 예술 찾는 이들이 서로 경험을 나누며, 함께 울고 웃는 통합의 정체성을 만들어내리.

익선동 골목

눈부신 변신, 카페 골목

인사동에서 낙원상가까지 1km가량 이어지는 한옥촌이 몇 년 전 '익선동 카페골목'으로 눈부시게 변신했다. 젊은이들이 북적인다는 말을 듣고 그러려니 했지만, 눈으로 확인하고 이유를 짐작했다. 종로 일대가 다 핫한 플레이스 아니던가. 인사동, 삼청동, 수송동, 광화문 광장, 북촌, 서촌… 가볼 곳은 다 헤아리기 어렵다. "종로구에서 또 다른 상권을 만들었구나…"라고 생각했다가 한 걸음 더 나아갔다.

예쁜 골목에 즐비한 낮은 상점과 통유리 앞 아기자기한 소품, 매어 달린 빨강 노랑 파랑 우산, 사람 키보다 작은 식물이 빽빽한 벽은 걷는 이를 즐겁게 한다. 한옥 지붕과 처마는 든든하고, 붉은 돌벽이 유리문과 완벽한 조화를 이루었다. 아래 그림은, 햇빛이 강렬하고 그림자는 더욱 짙어가는, 점심시간 지난 시점의 한산한 골목을 묘사했다.

익선동 카페거리, urban sketch, 2024

레트로 감성의 위력

익선동이 갑자기 매력 있고 유서 깊은 골목에 이름 올린 건 뜻하는 바 있다. 빽빽한 스카이라인 밑, 높고 단단한 콘크리트 벽 안에서 정체성 뺏기지 않으면서 끝없이 변신해 온 몸부림이 가상하다. 옛 정취와 새 멋이 합쳐져 젊은 발길 부르는 상권이 된 건 지역 상인의 덕인지 정부 시책의 몫인지 분간할 수 없다.

서울이나 외국이나 할 거 없이 오래된 골목을 찾아 달려가는 나의 취향에 새 단장을 한 골목이 어색하지 않다. 아니 오래 머물고 싶다. 익선동 거리, 성수동 골목, 문래 창작마을, 경리단 길… 모두가 옛것을 살려 현대감각을 입힌 '레트로 감성'이다. 요즘은 물품과 서비스에 레트로 감성이 빠지면 MZ세대가 섭해 한다.

온고지신 실천한 골목

"교과서에 나오는 온고지신(溫故知新)이 실력을 발휘하는구나"라 생각하며 서울에 유행하는 골목에서 사자성어를 떠올리는 게 억지는 아닐 거라 단정한다. 쌩얼처럼 낡은 거위에 새로운 것 무조건 갖다 붙인다고 온고지신은 아닐 것. 인적 끄는 골목은 살릴 것은 살리고 최소한만 덧붙이는 정갈함을 포기 않는다. 하늘과 지붕과 돌담과 깨끗한 바닥, 상점이 어지럽지 않게 자리하면 틀림없이 까다로운 사람도 찾아갈 스팟이 된다. 인위적이고 화려한 길은 한두 번으로 끝이지만 그림 속 울긋불긋 우산처럼 디테일이 궁금한 곳은 찍고 그려야 직성이 풀리는 곳이다.

발길이 머문 골목, watercolor painting, 2021

종로 골목이 줄곧 부가가치를 쌓아가는 것은 유행을 따르는 데 있지 않다. 당장 편해지자고 허물고 새로 짓지 않고… 옛것은 살리려 궁리하고 새 감각을 덧입히려는 안간힘 때문에 명성을 지켜내는지 모른다. 종로에 들어서면 시간이 더디 흐르고 옛것에 감사할 기회를 갖는 게 특별한 공간의 경쟁력이다. 번잡함을 벗어난 도시의 평화가 마음의 평화로 이어지게 하는 경쟁력.

찾고 머무는 쉼터

'선한 것을 쌓아 이롭게 한다'는 뜻을 가진 익선동은 현대와 전통, 유행과 추억이 공존한다고 선을 쌓지 못한다. 옛 멋과 유행을 상술로 접목해 주머니만 노리는 장소라면 오래갈 리 없다. 어제 갔지만 또 가고 머물고 싶은 곳이 되려면 고향 같은 마음 쉼터가 되어주어야 한다.

마음의 쉼터는
'돈을 내주고 마음조차 내어 주고 싶고,'
'사람을 기억하고 인정이 거래되는,'
'발길이 머물러 마음이 따뜻해지는 곳'이어야 한다.

그런 쉼터는 발뒤꿈치 가벼워지고 마음이 단순해지는 아지트가 되기에 부족하지 않다. 순수감성을 부르고 지친 발걸음을 머물게 할 비결을 찾아야 한다면 종로 옛 골목엘 가보라. 막다른 골목에서 뜻밖에, 찾고 머물고 싶은 마음의 쉼터를 발견할 테니.

인사동에 가는 이유

얼마나 자주 갔을까?

회사가 광화문에 있을 때 뻔질나게 드나들었던 인사동 방문 횟수를 센다면 손가락 발가락 합쳐도 모자라다. 마음만 먹으면 들를 수 있던 이곳은 옛 시절의 얼굴과 오늘의 감각이 합세하여 이목을 끈다. 지날 때마다 가길 잘했다고 여기게 하는 생각들….

"인사동 냄새는 언제나 똑같지만 때마다 좋다."

"진한 녹차 향, 갓 구운 듯한 도자기의 흙냄새의 진원지."

"고소하고 달콤한 냄새는 소화제를 멀리하게 하지."

인사동 취향

인사동 거리는 냄새와 색깔은 튀지 않으면서도 독특한 취향을 부르기에 망할 수 없다. 어귀를 돌 때 어김없이 등장하는 할아버지 부채, 묵향 짙은 전통 그림, 다른 데서는

인사동 골목, urban sketch, color pencil, 2024

촌스러울 것 같은 한복풍이 인사동의 고유색채다. 거리의 움직이는 갤러리라고 해도 나쁘지 않다. 골목 벗어나면 나타나는 현대식 건축물 즐비한 몰에서는 절대 흉내 낼 수 없는 은밀한 레서피다.

젊은 시절의 인사동과 오늘 마주하는 인사동은 추억과 성숙이 공존한다. 한옥의 고즈넉한 멋은 다를 바 없지만 진화하는 진열대와 현수막은 유행에 대한 감각을 업데이트한다. 외국인이 세월을 넘나들고 한국적 취향을 저격하는 경험을 하려면 이곳에 들려야 한다. 전통 공예품 가게에서 세월의 흔적을 파는 동안 거리의 현대 미술관은 혁신적인 미래를 추구하기 때문이다.

울긋불긋 인사동

광화문 사무실에서 코 닿는 인사동 골목은 물리적, 정서적 안식처가 되어주었다. 질 좋은 동양화 붓을 구매하러 가고, 인근에서 유일한 서양미술 도구점 '미림○○'가 있어서 달려갔던 곳이다. 사우나 광인 내 몸이 피곤할 때는 뜨겁고 차가운 물에 번갈아 가며 입수하려 드나들던 곳이기도 하다.

어느 날 인사동에서 종로를 잇는 길에서 예쁜 색채의 조화를 발견했다. "분홍상점과 노랑 현수막이 완벽한 매치가 되는구나."라고 생각하며 사진 찍고 캔버스에 그릴 생각에 분주해졌다. 그림으로 옮길 때는 사진에 없던 인물을 넣어 쓸쓸함을 달랬다. 분홍과 노랑은 잘못 쓰면 망하기 십상

분홍 노랑 인사동, watercolor painting, 2021

이지만 배경이 인사동이어서 기막힌 공존이 가능한 그림이 탄생했다.

인사동에 갈 이유

인사동은 광화문과 안국동을 잇는 경유지가 아니다. 마음이 기억하는 옛 향취와 가슴을 뛰게 하는 색채가 경험을 부르는 곳이다. 그곳에서는 숨 쉬는 느낌이 새로워진다. 50년 묵은 냄새와 색깔, 분위기와 느낌을 진열하는 박물관이듯…. 좌판을 누르는 손가락이 인사동의 감각을 떠올리며 세월 쌓인 향기와 유리창 색깔, 매대 소리가 뒤섞인 흥분의 기억을 더듬는다.

인사동 골목이 우리 뇌신경 망이라면 좋겠다. 30년 50년 전의 기억이 세파에 흔들리지 않으면서도, 혁신이라 내세우는 것들로부터 좋은 것만 골라 영향받는 존재가 될 수 있을 테니까.

가리봉 골목길 좁은길

택배기사가 망설이는 곳

택배 일은 못 해봤지만, 꽤 짭짤하다는 얘기를 아이한테 들은 적이 있다. 그런데도 평생 그 일 하는 사람을 못 봤으니, 많이 벌어도 육체적, 정신적 노동의 강도가 꽤 높은 게 틀림없다. 아파트 택배는 엘리베이터 붙잡아 두느라 눈치 보이고, 엘베 없는 다가구 주택은 허리, 무릎 나갈까 조심. 시간이 돈이라 지름길 교통사고로 언제 병원 신세를 져야 할지 모르는 위험수당 백배의 일이니 그럴 만하다.

오른쪽에 등장하는 골목은 택배기사들이 두려워하는 구로공단… 아니 가리봉동 연립주택 밀집 지역이다. 어느 날 구로공단 택배 일을 다룬 신문 기사 사진을 보다가 사람 냄새 나는 묘한 매력이 느껴지는 골목이 그리고 싶어졌다. 마음 바뀌기 전 얼른 스케치 펜과 물감을 챙겼다.

가리봉동 골목, urban sketch, 2023

가리봉동 식구의 먹거리를 책임졌던 '구로공단'이라는 이름이 역사의 뒤안길로 사라졌다 해도 섣부른 말은 아닌 듯하다. 박정희 대통령 시절, 국가가 경공업 수출을 주도하기 위해 전국에 수출산업단지를 조성했다. 단지의 형님 격으로 대우받던 구로공단 3개 단지는 내가 다섯 살이 되었을 때 그렇게 완공됐다.

옥탑방까지 6층

공단이라 해 봤자 누나들 연약한 손이 하는 봉제, 의류가공 중심이어서 볼품없던 공장시설과 주거환경은 세월이 지나도 삐죽삐죽 드러난 모습이 어쩔 수 없다. 오늘 본 신문에 등장한 택배기사는 전철역 가까이에도 빨간 벽으로 담이 쳐진 옛 공단이 많다고 증명했다.

가리봉동은 새벽같이 공장일 나가고 밤늦게 들어오는 이들이 방 한 칸 마련해 공동화장실을 쓰던 '벌집'이 아직 많이 남아있어서, 누가 어디에 사는지 숨바꼭질 수준이다. 엘리베이터가 없는 4층, 5층(옥탑방까지 치면 6층) 연립주택이 많아서 택배기사 무릎이 아우성치는 지역이다.

장 보러 가는 자전거길

가리봉동 골목은 친환경 소형차 통행도 힘들어 멀리 장 보러 갈 때 자전거가 한몫한다. 오늘 그림에서, 엄마가 왜 자전거를 타는지 모르고 신나라 하는 딸내미의 환호성이 철없기도 하다. 만화 한 컷처럼 표현한 장면에서 엄마랑 자전거 타고 장 보러 가는 아이의 마음을 살렸다.

"덜컹덜컹 설레는 길"

"엄마랑 나랑 장 보러 가는 길"

"덜컹덜컹 철렁철렁 자전거길"

아이가 중학생이 되기 전 좁은 골목을 벗어나리라는 희망으로 엄마는 오늘따라 아이 때문에 무거운 페달을 밟고 또 밟는다. 아빠는 아직 젊으니 택배일 자신 있다 하는 말 겨우 믿어야 한다.

"자전거 페달 밟듯 열심히 벌면 월세 면할 거야"

라는 희망을 중얼거리며….

이 또한 지나가리라

땀 흘려 사는 우리 인생에 "이 또한 지나가리라"라는 명

장 보러 가는 길, urban sketch, 2023

제가 없다면 우리는 얼마나 고단해야만 할까? 어렵고 힘들 때 조금 더 견딜 수 있고, 모든 게 잘될 때도 교만하지 않게 하는 마법의 글귀다.

"범사에 기한이 있고 천하만사가 다 때가 있나니, 날 때가 있고 죽을 때가 있으며 심을 때가 있고 심은 것을 뽑을 때가 있으며... 찢을 때가 있고 꿰맬 때가 있으며 잠잠할 때가 있고 말할 때가 있으며, 사랑할 때가 있고 미워할 때가 있으며 전쟁할 때가 있고 평화할 때가 있느니라." (솔로몬의 전도서)

삼청동길 지나는 동안

정독도서관 가는 길

서울시민이라면 한두 번쯤 오르는 정독도서관 가는 길에서는 삼청동 골목의 정수를 마주하게 된다. 사방 피어나는 차 향내와 기름진 냄새는 끝내 책 보러 가는 본분을 잊게 만들고… 도서관과 관공서, 카페들이 어우러져 미니 관광촌이 된 삼청 골목에 들어서면 시간이 더디 간다. 길 입구에서부터 도서관에 이를 때까지 걷다가, 왜 머리가 아팠었는지, 무엇 때문에 안달했는지 기억이 사라진다.

삼청동 카페거리, urban sketch, 2021

인사동 대로에서 들어서자마자 사뿐사뿐 발걸음이 가벼워진다면 땀 내고 산책하고서야 달래려 했던 시름이 달아났다는 증거다. 누군가가 나이 들어감을 느낄 때는 꼭대기 도서관 향한 길을 오르면 좋다. 골목이 좁아지고 가팔라질 때마다 신체 나이가 줄어들기 때문. 그러나 명심해야 한다. 최소한 삼청동길 돌다리 넘어까지 가야만 그렇다는 것을….

삼청동길 오르는 이유

삼청동의 유래를 찾아보고 의문을 품는다.

"산과 물이 맑고 사람 마음도 깨끗하다고 해서 삼청(三淸)이라 했는데 왜 하나도 없지?"

삼청동에는 산자락도 계곡도 없고 가게만 즐비하여 옛 이름을 부를 구실을 이제라도 찾아야 한다. 골목의 한옥과 돌길은 향긋한 전통차만으로 유명해지지 않는다. 원두를 차갑게 추출한 콜드브루도 꽃향기와 달콤함을 불러와 세련미를 더한다.

삼청동 카페거리에서는 꽃가게 향미가 번진다. 향초인지 디퓨저인지 모를 고급 향품이 코를 자극해서 한 바퀴 더 돌게 되는 건 누구라도 똑같다. 조용한 거리에서 향내 맡으며 차 한 잔 즐기면 애쓰지 않아도 되는 여유를 느껴보라. 그렇다면, "카페 창밖 행인들 하릴없이 왔다 갔다 하는 모습도 한몫하는구나."라는 생각이 절로 들 테다.

이전에 봤던 커플은 지나갔는데 다시 그 자리다. 여정은 정해진 바 없고 갈림길을 생각 없이 택한다. 한 무더기의 행인을 보며 느끼게 되는 한 가지는….

"나 어느 길을 거쳐 왔는지…"

"이 길을 꼭 헤쳐 가야만 하는지…"

경사로 오르기를 끝마치고 나면 후회할 필요는 없다. 지나온 발걸음 모두가 종아리 근육에 영양분이 되고 허벅지 힘줄을 강화했기에….

삼청동길 노부부_휴식 금지

삼청동길은 마주할 때마다 휴대전화 갤러리에 자취를 남긴다. 어느 날 삼청동 돌다리가, 쏟아지는 햇볕을 강렬하게 그늘지게 했다. 그 장면을 카메라에 담고는 손잡고 가는 노인 커플을 좋은 자리에 차지하도록 그림을 그렸다. 보무도 당당한 모습에 '휴식 금지'라는 팻말까지 곁들여서….

나이 지긋한 커플이 힘차게 걷는 모습을 보며 인생의 실마리를 찾는다.

"함께 걷고 똑바로 걷는 거야."

그러고는 두 가지를 더 확실히 할 게 생겨난다.

"언제서야 뛰어가면 좋은지…"

"너무 뒤처지지 않으려면 어떻게 쉬어야 할지…"

삼청동길 노인, watercolor painting, 2021

위 그림의 노파 두 분의 뒷모습과, 내 맘대로 바꾼 교통 표지판을 나란히 배치했다. 차량보다는 인생 여정을 안내하는 표지를 확인하기 위해서다.

"(돌다리 건너기 전까지는) 휴식 금지!"

과거와 미래를 이어주는 돌다리 바로 밑에는 인생을 완성하는 그림이 있다. 세월의 흔적을 머금은 두 얼굴이 맞대며 속삭인다.

"We are young."(그림 중간을 자세히 보시라)

나이는 숫자에 불과하다는 외침이 돌다리 밑 그림에서 현실이 되었다.

유월의 동덕여대길

우체국 가는 길

우편물 부치러 갈 때는 나도 모르게 동덕여대 옆길로 발길이 향한다. 우체국이 또 있지만 동덕여대 근처 우편물취급소를 향하는 이유는… 맘에 드는 길이 나 있고 소소한 재미가 반겨주기 때문이다. 길을 지나다 만나는 화분 위로 넓게 뻗은 장미 넝쿨, 젊은 학생의 '꺄르르' 웃음과 분식집 돈가스집에서 배어 나오는 자극적인 냄새와 기름진 연기…. 그곳을 지나오면 세 살이 젊어진다.

나의 발걸음이 향하는 동덕여대 옆길은 6월의 빨간 장미가 축제를 벌인다. 캠퍼스 맞은편으로 구부러진 길은 잠깐 동안, 시간이 여유로운 듯 착각을 일으키고…. 방금 전 취업의 무게에 억눌렸던 학생들은 길에 쏟아져 나오며 시험과 과제의 무게에서 벗어나 젊음이 꿈을 발산한다. 활짝 핀 웃음을 보니 그 꿈은 현실이다.

동덕여대길 빨간 장미, urban sketch, 2023

6월 열정, 꿈의 추진체

제일 좋아하는 꽃 6월의 장미는 빨강 이상의 의미를 지녔다. 숱한 이들이 이야기하듯 열정과 사랑, 변화의 상징으로 사무쳐지지만, 가시가 둘러쳐 함부로 할 수 없는 아름다움이다. 장미가 장미인 것은 가시가 있기 때문. 누군가 아름다움과 미소에 감춘 상처라고들 이야기하지만…. "상처를 이겨내야만 아름답게 피워내는 꿈은 아닐까?"라는 생각에, 여대 정문을 밀쳐 나오는 학생들의 웃음이 이겨낸 각자의 좌절을 짐작해본다.

6월이 만개하는 계절에는 학생의 열정이 피어난다. 눈부시게 물든 초록과 원색의 꽃잎들은 여름을 기다리는 동심의 에너지를 부추긴다. 졸업반 학생에게, 두 계절 지나면 교문 밖으로 나선다는 설렘과 긴장의 에너지는 강렬해진다.

장미 가시넝쿨과 친구들의 발걸음에 나는 마음 한켠 걸어왔던 젊은 날을 더듬는다.

"그래 내게도 분명 가시가 있었어."

내게 박힌 가시와 나 또한 쏘아댄 가시들….

"6월이 가기 전 완전히 뿌리뽑혀라!"

이제는 자각해야 한다. 졸업반 학생들이 학교 울타리 넘어 각자의 길로 뻗어나가야 할 시간이 머지않았음을…. 6월에 정확히 젊음의 꽃을 피워야 함을….

동덕여대길 빨간 장미(어반스케치, 장보현)

꿈으로 녹이고 곱게 피우기

언젠가 6월의 멋진 날, 그들은 이곳에서 다른 모습으로 자기 길을 걸어갈 것이다. 손에 빨간 장미 아닌 꿈이 성취된 노트가, 어깨에 가시넝쿨처럼 아픈 짐이 아닌, 풍선 매단 리본이 매달려 있어야 한다. 인생이 주는 상처로 지치고 시험에 부대끼는 모두에게 말해주고 싶다.

"가시는 네 속에서 자기네끼리 만들었어."

"만들라고 한 적은 없었어."

"꿈으로 녹이고 영양분으로 돌려주렴."

"이젠, 빨강으로 물들이고 파랑으로 피우는 거야."

6월의 어느 날 우편물 부치러 동덕여대 옆길로 나는 향한다. 가시가 변하여 빨강 열정, 파란 꿈을 이루는 젊음을 확인하러….

평일의 북촌 거리

광화문에서 안국동을 지나 삼청동을 곁에 두고 올라가면 서울의 한복판을 차지하는 북촌이 나온다. 시간이 멈춘 듯한 북촌을 걷다 보면, 건축물의 정갈함과 길바닥 고무신 흔적만이 보이는 것이 아니다. 한국의 숨결과 사람 냄새를 조금이나마 경험할 수 있다.

시간을 잡아두는 북촌 골목

냄새의 추억

북촌 골목은 크고 작은 한옥들로 가득하다. 하나같은 새집이다. 좋기도 하고 아쉽기도 하다. 뻔질나게 드나들고 손때 탄 집 냄새를 맡고 싶건만 눈을 감아야 가능하다. 그래도 한옥의 나무 문과 창문, 석판 지붕은 옛사람들의 삶의 흔적을 전해주기에 모자람 없다. 골목길 외국 방문객들의 웃음소리와 지방에서 올라온 사람들의 흥분한 소리가 들린다. 조금 전 나 몰라라 했던 사람들이 이 골목에서는 인사하지 않으면 안 될 것 같은 기분이 든다.

낯선 이 묶는 마법

"북촌의 한옥 지붕과 벽돌의 전통 문양이 따뜻한 유대감을 가져다주는 것일까?"라고 생각하며 한복 입은 외국인을 구경한다.

걸음을 뗄 때마다 코끝을 간질이는 진한 차 향기, 처마 밑 쏟아지는 햇빛과 그 빛 반사되어 반짝이는 도자기 조각들, 엄마 아빠 따라 나들이 온 아이들의 뛰어 달리는 모습은 내게 말한다.

“북촌이 타임머신을 타고 과거와 현재, 또 다음 세대를 한꺼번에 여행하는 길목이구나!”

한두 번 방문한 것도 아닌데, 갈 때마다 새로운 게 보이는 이유는 무엇일까? 그 골목길은 어린 시절을 떠올리게 하고, 코끝에 전해지는 향기는 어릴 적 대청마루의 냄새를 더듬게 한다. 가끔씩 들려오는 부침개 부치는 소리는 행주치마 두른 엄마의 손끝을 느끼게도 하고….

북촌은 과거의 흔적이 추억을 깨우기도 하지만, 치열하게 살고자 하는 꿈을 키우게 한다. 과거와 현재가 이어진 길을 한참 걷다 보면,

“이곳에 왜 왔었는지,”

“골목의 끝은 어디지?”

상념에 빠지며 지난 여정을 되돌아보는 습관이 생긴다.

북촌은 평일에 가야 제맛이다. 한적한 골목과 고즈넉한 처마, 그림자 비친 마루는 북촌의 냄새를 더 진지하게 맡을 수 있게 해준다. 태양이 높은 대낮, 돌담과 한옥의 지붕 사이로 강한 빛이 쏟아져 고요한 그림이 요동친다. 돌담에 심

평일 북촌거리, urban sketch, 2023

겨진 풀들이 한들거리며 새겨놓은 그림자는 동양화가 되고 썼다 지우는 소묘가 된다.

주말에 볼 수 없었던 아주머니의 무 빚고 있는 모습과 늙은 고양이가 하품하며 눈을 감고 있는 모습은 휴일에 보기 힘든 광경이다.

"멍멍멍. 야~옹. ㅇㅇ야. 밥먹어!"

북촌의 일상은 평일에서야 들을 수 있다.

한 지붕 두 가족

평일의 북촌 거리는 사뭇 진지하게 발걸음을 맞이한다. 공휴일에는 자기도 번잡스러워 손짓 못 하던 반짝이는 지붕과 문풍지 속삭임이 또 오라 손짓한다. 손짓에 반응하기만 하면… 한 지붕 밑 두 존재, 관광객과 주민의 단절은 평일이어서 벽이 허물어진다. 평화로운 날 일상의 모습을 힘겹게 지켜내는 북촌이 늘 고맙다.

〈다섯〉

과거와 현재를 잇다

나이프 문명

날카로운 문명

나이프는 화학기호 Fe와 예리한 날의 조합으로 세상을 만들고 파괴한다. 칼잡이에 따라, 상황과 처지에 따라 정의 구현도 하고 악역도 마다하지 않는다. 존재 의미를 날카롭게 하는 인류문명의 연금술사라 이름 붙여도 좋다. 요리사에게 나이프는 맛을 창조하는 모세의 지팡이가 될 수 있다. 최고급 재료도 칼끝 예리한 놀림이 있어야 뛰어난 요리로 변신할 수 있기 때문이다.

때때로 나이프는 미를 추구하는 창작의 도구, 섬세함을 일깨우는 감각의 수단이 된다. 아이 손에는 위험천만한 존재일 수 있어도, 레오나르도 다빈치나 미켈란젤로에게는 창의력을 예리하게 돋구는 비장의 무기로 변신한다. 둥근 붓이 뭉뚝하게 마음껏 표현을 살려낼 수 있지만, 나이프는 캔버스 위에 색을 흩어 바를 때 의도치 않은 질감을 창조하고, 큐비즘의 입체적 예술품을 장려한다.

나이프 전원마을

아래 그림은 나이프로 그린 몇 점 안 되는 아크릴 풍경화다. 붓으로 묘사한 그림보다는 완벽하지 않겠지만, 몽환적인 느낌과 독특한 질감은 보는 이에게 여러 가지 상상과 기억을 떠올리게 한다. 저 멀리 보이는 보일 듯 말 듯, 알 듯 말 듯 빨갛고 하얀 결정체에 대해 지붕이라 하건 바위라 하건 이름 짓는 건 해석하는 이의 몫이니 얼마나 간편한가.

전원, acrylic knife painting, 2024

생사의 도구

섬세한 조리 칼로 정성 썰어 넣은 음식은 입맛을 사로잡고 기쁨을 회복시킨다. 기특한 주방 도구도 강도 손에 들어가면 위협적인 흉기로 돌변하는 이중인격자가 된다. 어두운 골목에서 칼끝이 들추는 두려움은 거인이라도 피할 수 없을 것. 군인에게 위협을 막아주고 몸을 방어하는 전투 무기가 오지에서는 또 다른 생존 전략이 되는 게 칼날의 속성이다.

누구 손에 들려지느냐에 따라 날의 빛과 모양이 달라지는 나이프는 기능의 다양성을 헤아릴 수 없다. 일본 장인이 날을 간 칼은 그 예리함으로 바위를 자를 수 있는 명도가 되고, 대장장이가 두드린 무쇠 칼은 묵직해서 다랑어 머리도 쳐낸다. "참 쉽죠?"라고 하며 EBS 방송국 프로그램에서 그림 시연을 보였던 밥 아저씨에게 나이프는 유화에 생명력을 불어넣는 매직이었다. 오른쪽 그림은 그 비법을 흉내 내어 나이프로 그려낸 바닷가 마을이다.

나이프가 펴 바른 모래

물가로 밀려난 고깃배의 나뭇결을 살리려 나이프로 긁어

냈지만 위풍 있는 모습은 어디 가고 땔감처럼 투박한 구조가 드러나 애를 먹었다. 칠하고 덧바르는 나이프의 부지런한 놀림과 집요함 끝에 어느 정도의 질감을 얻어냈다. 어둠은 교회 첨탑에 걸리고 저 멀리 밥 짓는 연기가 뿌옇게 오른다. 배에 달린 헤어진 돛은 바람에 나부끼는데… 바닥의 모래알은 나이프에 의해 이리저리 흩어진다.

프로는 연장을 탓하지 않는다는 말은 사실이 아니다. 무디거나 녹슨 칼로 수술받은 환자는 이차 감염에 고통받을

저녁어촌, oil knife painting on canvas, 2023

게 뻔하고 물고기는 쉽게 죽지 못해 사달이 난다. 나이프는 인류 역사를 통해, 칼자루 쥔 자의 의도에 따라 선과 악을 구사하고 가치의 양면성을 키운다. 하지만 분명히 할 게 있다. 인고의 세월이 만든 문명의 혜택을, 갈리고 닦인 칼날의 덕으로 돌려야 한다. 갈리고 두드려지고 달구어진 인생은 위기의 찰나에 그 소임을 다 하는데 마치 칼날과 같다.

까치와 기와

기와집 만둣국

성북에 있는 회사 근처에 유독 기와집이 많다. 기획된 한옥이 아닌, 낡고 오래된 옛집이다. 북촌, 서촌, 익선동은 리모델링을 해서 현대적 조화미가 있지만 이곳은 투박하고 켜켜이 쌓인 추억의 냄새가 난다. 오래된 설렁탕, 곰탕 냄

처마 밑 차담, urban sketch, 2024

새가 기와집 굴뚝을 타고 퍼진다. 위 그림은 설을 지내고 며칠 후 손만둣국 맛집에서 만둣국 먹고 나오는 길에서 뒤돌아본 장면을 묘사했다.

기와 처마 그늘 밑에서는 종이에 담긴 커피믹스가 맛있다. 점심을 먹고 난 5분 후 삼삼오오 수다 떨며 마시는 즉석커피는 값싸게 즐길 수 있는 평화와 안식… 위 그림의 원본 사진을 찍은 날은 유난히 볕 좋고 따스해 대청마루에서 신발을 신다 주저앉아 있기 딱 좋은 때였다. 손에 종이컵을 든 아주머니들한테서 그 어떤 시름도 찾기 어렵다. 처마 그늘이 유난히 짙은 날에는 잠시 쉬어가는 게 순리다.

오래된 기와집은 그냥 사는 공간이라기보다는, 투박한 옛 추억과 날카롭게 각진 현재의 삶을 시간 여행하는 영역이다. 능선이 멋스러운 기와의 아름다움은 하늘과 맞닿은 한 폭 그림이지만, 기와 하나하나에 새겨진 의미를 헤아리는 건 열 손가락이 모자라다.

대청마루 평화

매미 우는 여름날 처마 밑 앞뒤로 통풍 잘되는 대청마루

까치와 기와, watercolor painting, 2020

에 누워 있으면 시간이 멎는다. 귀가 예리해져 매미 소리에 묻혔던 바람 소리, 나뭇잎 흔들리는 소리, 구름 흘러가는 소리마저도 들려온다. 대청마루에서의 차 한 잔은 음료라고 하기에는 뭔가 부족한… 평온의 경험을 마시는 것이다. 찻잔에 부드러운 향이 담기고, 느긋한 바람과 하늘이 스민다. 잠시 세상의 소란을 잊는 즐거움을 두 평 남짓 마루에서 찾을 수 있다니….

위 그림에서 까치 한 마리가 보이는가? 까치가 기와하고 닮아서 찾기가 쉽지 않았을지 모른다. 기와 이음새의 모양이 새의 몸통과 닮아있고 처마 끝 흰빛이 그 색과 닮아서일 수도 있다. 까치는 기와지붕과 짝을 이룬다. 참새나 제비, 비둘기보다는 까치가 그 자리에 있어야 제격이다. 까치는 갑작스런 방문객이 아니다. 옛 구조물을 자연과 이어주는 매개체다. 까치가 날아와 앉아 있는 지붕은 사진을 찍지 않고서는 견딜 수 없는 스팟이다. 하늘과 새와 처마가 자연을 배경 삼은 우리 안식처의 본성을 드러내기 때문이다.

소음 벗어난 행복

높은 기와와 흙벽 돌담, 그리고 비포장도로가 있는 그림의 원본이 어디인지 기억이 나질 않는다. 당장이라도 가고 싶지만 맘먹는다고 바로 닿을 곳이라면 명소라 할 수 없다. 오늘 나는 주변의 소음과 분주한 소란에서 벗어나 천연의 소리와 냄새에 취하는 꿈을 꾼다. 아토피, 비염 악화시키는 새 콘크리트 건물과 화학 물질 가득한 구조물에서 벗어나 인체와 닮은 흙에 눕고 싶다.

삶의 여유와 평화는 좋은 것, 새것, 세련된 것에 있지 않다. 아름다운 기억을 되살리고 내면이 정들어 편안한 곳이면 안식하기에 7성 호텔이 부럽지 않다. 성북의 옛 기와집에서 내오는 국밥 먹고 처마 밑 그늘에서 트림하며 소소한 웃음을 찾는 오늘을 멈추고 싶다. 그렇게… 진지하게 살아내는 작은 일상에서 미소는 시나브로 입가에 번진다.

물_문명의 매개체

위선 방지하는 물

도덕경은 물을 최고의 선(善)으로 택했다. 최고로 좋은 것은 물과 같아야 한다는 말을 어느 때는 수채화를 좋아하는 구실로 삼는다. 물은 가능성을 담고 있다. 유연하고 겸손하며, 변하는 환경을 수용한다. 막히면 거스르지 않고 부딪치면 돌아가는 흐름이 인생의 교사다. 삶이 세상을 대하는 태도는 물을 만나 위대해지기도 한다. 에덴에서 조화를 이루었던 인간의 위선과 이기적 모습을 제어하기 좋다. 강제하지 않으며 부드럽게, 자연스레 행해야 한다는 노자의 철학을 소환한다.

물이 창조한 번영

물길과 운하는 물의 속성 때문에 문명을 발달시켰다. 윗물과 아랫물이 만나 물질과 마음이 결합하기에… 사람 물

암스텔담, watercolor painting, 2023

건 실어 나르는 역할을 수천 년 동안 감당했다. 저 혼자 흘러진 강과, 사람 손이 만든 수로가 지역을 연결해 이질감을 없애고 사람은 소통한다. 위 암스텔담 운하 그림은 친하게 지내는 옛 동료가 네덜란드에서 페북에 올린 사진을 허락도 없이 재해석한 수채화다. (나중에 그는 고맙다고 했다)

배가 떠다녀야 할 운하는 한산하고 하늘과 바람과 나뭇가지는 부산을 떤다. 교통 인프라의 기능은 뒷전이고 계절의 정취를 담는 스팟이 운하의 첫째 임무가 되었다. 원활한 교통의 수단으로서보다 사진 찍고 탐방하는 문화적 매개체로서 물길이 암스텔담의 번영을 가져온 건 아닐까? 물 빛깔과 흐름이 계절 따라 변신하며, 환경 탓하지 않고 다 포용하는 '상선약수(上善若水)'의 힘이 네덜란드 수로의 도시에 강력하게 작용했을 것 같다.

정서가 흘러가는 존재

물은 부력에 의해 물질을 띄우고 물살로 떠내려 보내는 기능만 갖지 않았다. 역사를 잇고 전통과 마음을 전해주는 존재가 되었다. 옛 역사의 흔적, 지역의 정서까지도 아래로 실어 나른다. 물 따라가는 길은 시간을 여행하고 인생 스토리를 나누는 감각의 매체. 다양한 문화가 물에서 섞이고 유행을 떠받쳐 기회는 또 생겨난다. 온화하게 모든 것을 연결하고 조화를 창조하는 사상이 물에 담겨 있다.

아래의 그림에는 물이 빠져나간 바다에 덩그러니 떠 있는 낡은 목선이 담겨있다. 수많은 여객을 실어 나르느라 지친 모습을, 기울고 녹이 진 모습으로 표현했다. 짙은 녹음이 배 그림자를 집어삼켰다. 배는 많은 이들의 공간 이동을 자기가 감당한 줄 알겠지만 바다 물결이 배를 매개체 삼아, 희망하는 곳으로 수많은 사람을 보내주었다.

수채물감 부르는 풍경

수채화는 물 풍경을 그리는데 좋은 화법이다.(순전히 내 생각이지만…) 번지기 기법(Wet on wet)으로 물이 흐르고 번지게 해야 물의 속성을 제대로 그려낼 수 있다. 이번 주제의 그림은 모두 Wet on wet 기법으로 수채화의 성질을 끌어냈다. 중력을 거스르지 않고 겸손히 흐르며 안료의 밀도가 낮은 곳을 채워주는 매체라니… 하늘과 구름과 산을 담은 물이 수채화 번짐의 기법으로 인해 맞닿았다. 바로 이 대목에

녹선, watercolor painting, 2021

서, 수채화가 좋아서 물 그림을 그려야 하는 건지 물 그림이 좋아서 수채화를 활용하는 건지 의문이 생겨난다.

번짐의 미학(美學)

수채화가 창조하는 '번져가는 화질'은 오늘을 살아갈 우리가 배워야 할 게 많다.

"막히면 돌아가는 부드럽고 유연함"

"높은 곳보다 낮은 곳을 향하여 흐르는 겸손함"

"혼자 돋보이지 않고 합치고 섞는 조화로움"

숨 막히게 경쟁하고 섞이기 싫어하며, 튀면 손가락질 받는 지금… 캔버스에 펼쳐지는 수채화의 덕목을 우리가 본받으면 좋다. 물이 추구하는 평화가, 수채화가 추구하는 조화로운 상호작용으로 정착될 때까지….

할머니와 부뚜막

색연필 그림

색연필 풍경화를 페북에 올렸던 어느 날 많은 이들의 뜻밖의 관심이 부담스럽던 기억을 떠올린다. 색연필은 흔하게 접할 수 있는 미술도구이니 한번 시도해보라는 의도였지만 반응이 딴판이었다.

"색연필로도 이렇게 그릴 수 있네요."

"질감이 좋네요."

여기까진 좋았으나…

"색연필은 요즘 레어템이랍니다."

"도전은 패스하겠습니다."

교감 선생님으로 재직 중인 어느 페친이 색연필 그림을 신청했다.

'부엌 아궁이 앞에서 불을 지피는 할머니와 어린 손자와 고양이와 두꺼비가 나란히 앉아 있는 장면'

내 취향 여부를 떠나서 왠지 모를, 거부할 수 없는 그림 숙제가 되었다.

할머니와 부뚜막, color pencil, 2024

부뚜막 할머니와 고양이

전래동화 삽화 같은 그림이라 내키지는 않았지만, 색연필 그림에 관심을 가져준 마음이 고마워서 실력을 바닥까지 동원했다. 완성된 그림을 보니 불을 뒤적거리는 할머니는 너무 귀티가 난다. 문지방은 깔끔하고 부뚜막이 고급스러워 어색하더라도 미술 숙제 이 정도면 기본은 한 셈이다. 바닥에 웅크린 고양이는 불멍 때리며 배를 데우고 있고, 문지방에 있는 녀석은 먹을 게 있나 탐색한다. 경계를 푼 두 녀석의 모습이 평화와 안락을 더해준다. 한국 땅에 행운과 번영을 나타내는 두꺼비가 생뚱맞게 등장한 이유는 손자 녀석이 떡두꺼비같이 귀한 자손이라서다.

그림을 이론적으로 접근해보자. 미술 좀 한다는 사람의 눈에 보기에는 그림의 원근감이 부족해 보일 수 있다. 이유가 뭘까? 일단 문제로 남겨 두고 답은 나중에 짚어보기로 하자.

할머니와 함께 불멍

할머니와 아이가 부뚜막에서 불을 쬔다면 그 자체로 따뜻함과 친밀함이다. 할머니는 아이에게 오랜 이야기를 들려주고 아이는 모든 게 진짜인 양 재미있어 한다. 부뚜막은 집에 열을 피우고 손과 발을 따뜻하게 하지만, 그림을 보면 마음이 먼저 데워진다. 가족이 함께 불 옆에 있다면, 땔감이 떨어지더라도 체온과 혈온이 합쳐져 공감 지수가 올라간다. 오늘날 이런 부뚜막이 있다면, 세대 간 소통에 불을 지피고 전통 잇는 게 조금 더 수월하지 않았을까? 한국에서만 체험할 수 있었던, 움푹 들어간 부엌 문화의 기억이 없어지는 게 아쉽다고 처음 느껴본다.

고기 불판 옆 삼대

아래 사진은 집 테라스에서 고기 불판에 둘러앉은 삼대의 모습이다. 고기 굽는 석쇠가 할머니와 중년 부부, 손자 손녀의 연결고리가 되어 온기가 피어났다. 불판에서 입으로 잘 구워진 고기가, 할머니의 사랑과 정서가 세대를 넘어 전달된다. 할머니는 신앙의 뿌리, 경험과 지혜의 문화재이기 때문에 모임에 빠져서는 안 된다. 날마다 듣고 또 듣는 이야기라도 즐거운 게 밥상머리 정이 함께해서다. 할머니 이야기를 경청하고 웃어주는 손자 손녀를 보며 할머니는 배가 부르다.

테라스 고기 파티

불 앞에서의 시간은 노란 불꽃처럼 강렬한 혈육의 의미를 깊게 하고… 가족이기에 기쁨과 행복에 대한 곱셈의 방정식, 아픔과 슬픔에 대한 나눗셈이 펼쳐지는 시간이다. 할머니로부터 시작된 이야기 속 기쁨과 아픔의 순간은 아빠를 거쳐 손자에게 이어져 배가 되기도 하고 녹아지기도 한다.

테크닉보다 중요한 것

앞서 던진 질문 '부뚜막 그림에서 원근감이 느껴지지 않는 이유'에 두 가지로 답하겠다. 우선 미술적 관점으로 보자면, 문풍지 달린 문의 빛과 어둠을 너무 자세히 묘사해서 튀어나와 보인다. 또 다른 한 가지, 전래동화 느낌으로 모든 개체를 뚜렷하게 그려서다. 이런 그림에서는 원근감이 중요한 게 아니다. 할머니와 아이가 불 앞에 있는 순간의 사랑과 풍요, 좋은 기억의 느낌이 미술 테크닉에 가려지면 안 된다.

가족 간의 사랑, 예쁜 기억, 연결과 소통을 표현하는 그림은 미술 이론(원근감, 소실점과 균형, 질감, 음영, 채도)보다도 순간의 기쁨과 추억의 소중함이 유대감을 나타내는 것으로 충분하다.

흐르는 강물처럼

같은 물에 두 번 못 담가

강물은 시간과 계절에 상관 없이 펼쳐지는 이야기로 인간에게 손짓한다. 그리스 철학자 헤라클레이토스가 말했듯… '같은 물에 두 번 담글 수 없다'라는 속성이 실험정신을 부추기는지 모르겠다. 끊임없이 흐르기를 반복하는 물처럼 우리 삶은 끊임없이 변해서 같은 몸뚱어리와 마음으로 물가에 찾아가지 않는다. 강이 예전의 나를 찾더라도 같은 나를 두 번 담글 수는 없다.

회사 근처 중랑천은 어릴 적부터 익숙한 도랑이다. 중곡동, 면목동에 살던 어린 시절, 올챙이 잡으러 중랑천에 들어갔다 오면 여지없이 종아리에 피부병이 생겼다. 냇물이라기보다는 뻘에 가까웠던 기억이 뚜렷하다. 코를 찌르는 쓰레기 냄새 피우는 슬러지가 깊숙이 쌓인 대형 하수도와 다를 게 없었기 때문이다. 중랑천의 물줄기는 거꾸로 흐르나 보다. 수십 년 지난 지금, 냄새나던 도랑이 물고기가 번식할 정도로 맑은 물을 선보인다. 하천 정비사업의 성공에 공업폐수 생활폐수를 거둬들인 시민의 양심이 살아난 덕이다.

새벽 물안개의 신비

아래 그림 속, 푸른 새벽안개가 자욱한 강물 위 작은 배는 물 위에 떠 있는지 안개가 떠받치는지 모르게 요동이 없

새벽 물안개, watercolor painting, 2021

다. 예상 밖의 호평을 받았던 이 그림을 보며 상상한다.

"분주함으로 지친 마음속에 평화의 배가 안식을 가져다 주었을까?"

물안개가 소리 없이 피어오르고, 새벽을 깨우는 산새는 적막을 깰까 조심스레 운다. 고요한 강가의 어부는 물고기 입질 소리와 파르르 떨림을 쉽게 간파할 수 있다. 여명이 밝아오면 알게 될 것이다. 나룻배 안으로 수확을 끌어 올리려 얼마만큼의 땀을 흘렸는지…. 햇살에 안개는 걷히고 비늘처럼 반짝일 물결이 빛을 반사하면 더 확실해지리라.

갠지스강의 위대함

어느 날 관광객을 태운 나룻배 노 젓는 그림에서 영감을 받아 수채화 도구를 챙겼다. 인도의 어느 강가에서, 둥근 돔을 덮은 노을 감상하는 나룻배가 수채화지 위에서 상상의 나래를 펴고 진화한다. 그림 속 넓은 하천을 세계 4대 문명 중 하나의 근원인 갠지스강이라 해도 좋다. 모든 걸 받아내고 그대로 내어주는 갠지스는 위대하다. 시민들은 강에서 목욕하고 빨래를 한다. 생활용수로 사용하고 아침 저녁에 식수로도 마신다. 이웃이 죽으면 광활한 물 위에 땔

갠지스강, urban sketch, 2023

감을 띄워 태워서 보낸다. 물의 근원에서부터 여러 갈래로 새 물이 들어오고, 사람 손길을 감당하기 힘들어지면 바다로 흘려보내며 갠지스는 끊임없이 견뎌낸다.

흐르는 강물처럼

브라질 작가 파울로 코엘료의 '흐르는 강물처럼'에서처럼 모든 일상은 받아들이기에 따라 모습을 유지하기도 하고 변신하기도 한다. 강물은 아침과 오후, 저녁마다 다른 모습의 물결을 비추고 시시각각 영감을 바꾸어준다. 새벽 강은 장엄한 각오를 새롭게 하고… 아침 햇살 반짝이는 물결은 힘찬 발걸음을 딛게 하며, 정오의 물줄기는 새 활력을 허락하고, 저녁노을 비친 강물은 평온한 마무리를 거든다. 봄날 싱그러움, 뜨거운 계절의 열정, 울긋불긋 시월의 정취, 살얼음 만드는 하얀 겨울은 가도 또 가고 싶은 강의 특성을 간직한다.

H2O가 아닌 생명의 조화로서 물을 존중한다면 우리는 얼마든지 배울 수 있다. 물이 주는 평화와 안정은 변화 속에서 이루어지는 연속성에서 비롯된다는 걸…. 다 받아주

고 내어주기 때문에 강은 평안과 조화를 약속하고, 내면의 소란과 갈등을 잠재울 수 있다. 끊임없이 흐르는 강물처럼, 인생은 줄기차게 흘러가면서 너그러이 받고 내어주어야 산다. 이스라엘 갈릴리 호수는 흘려주어서 생명을 유지했다. 헐몬산에서부터 시작된 요단강 물을 받아내고 사해로 흘려줘서 생명을 살린다. 받기만 해서 고인 사해는 생명을 허락하지 않는다.

흐르는 강을 보며 마음속 선서를 외친다.

"받기만 하고 내어주지 못하는 존재는 되지 말자. 죽이고 부유물을 뱉는 이기적인 사해처럼…"

"감사히 받고 내어줘 살리는 존재가 되자. 받고 정화해 흘려주는 갈릴리 호수처럼…"

남산_엄마의 품

남산이 떠올리는 것

남산 하면 떠오르는 건 이루 헤아릴 수 없다. N서울타워(옛 이름이 더 정겨운 남산타워), 남산도서관, 왕돈까스, 남산 둘

남산마을, urban sketch, 2023

레길, 남산 케이블카, 사랑의 자물쇠… 남산은 서울시민에게나 도회지 사람에게나 막대한 존재다.

조선시대로 거슬러 올라가면 남산은 목멱산이라는 이두(한자의 음만 딴 글자)로 불렸다. 도성의 남쪽에 있다고 해서 붙인 이름이라고…. 세월 가면서 남산이 점점 바빠진다. 일본 제국주의 시대 사방에서 보이는 일제 신사를 세우고 큰 식물원과 공원이 자리했고 이후에 서울 스카이라인의 중요한 대목을 차지하고 있다.

산의 발자취

옛 공원이 남산 자락에 남산도서관, 숭의초등, 여중, 여고, 여대, 아파트, 중앙정보부에 자리를 내줬던 발자취를 보며, "터가 그리도 넓었던가?"라는 의문이 생겼다. 사람에게 넓은 영역을 내주면서도 계절마다 빛깔 바꿔 발길을 초청하는 도심 속 자연이 고맙기도 하다.

우리 부모 세대가 큰맘 먹고 찾아가던 데이트코스가 남산이고, 꿈같은 서울 신혼여행을 가능하게 했던 곳도 그곳.

요즘 TV 드라마로 명성을 찾은 남산 왕돈까스는 사치 부리는 아이템이었다. 후추 뿌린 오뚜기 수프를 홀짝홀짝 아껴 먹었겠지만… 우리 세대는 10년 전 남산 찾았을 때도 부담 없는 음식으로 바뀌었다.

언제부턴가 사랑의 자물쇠가 산 정상의 사진 명소가 되었다. 남산의 자물쇠는 연인관계 결딴내지 않을 사람만 걸어야 한다. 마음 굳게 먹고 손가락도 단단히 걸 사람만 매달아야 한다. 왜냐면 아슬아슬 걸린 자물쇠 꾸러미가 무너져내릴 게 뻔해 찾을 길 만무하기 때문이다. 프랑스 센강의 퐁데자르 다리와 함께 물에 빠진 자물쇠처럼….

멀리하기엔 너무 가까운

남산은 시민에게 땅을 너무 내줘 정상 가는 길이 쉽다는 게 불만이다. 걸어서 오르면 콧등에 땀이 맺히기 시작하자 산행 끝이다. 남산의 케이블카는 스키장 리프트보다 조금 길다면 과장일까? 시내버스로 가면 정류장에서 5분이라 싱겁다. 대청봉, 천왕봉, 인수봉은 죽어라 땀 흘려 올라도 본전 생각 안나는 건 인간의 영역에서 떨어져 있기 때문일 것.

남산 정류장, urban sketch, 2024

서울 한가운데 솟은 남산은 자연과 도시 문명과 탐욕의 역사가 버무려진 존재다. 도시민과 나라 안팎 관광객 모두를 불러 모으는 건 높은 N타워의 몫이다. 메트로폴리탄 랜드마크 철탑이 서울의 스카이라인을 정의하기 때문.

엄마 품 같은 남산

아스팔트와 계단과 인공구조물을 이겨내고 숨을 쉬는 산이 대견하다. 숱한 개발을 묵묵히 견뎌내며 수도 서울 600년의 변화와 성장을 지켜본 증인이라 더하다. 사람에게 휴식과 영감을 제공하느라 지쳐버린 산에게 잃었던 에덴의 기억을 돌려줘야 할 때가 이때다.

산은 산이로되 서울시민의 심장이고 허파인 남산이 영화 세트장 같은 세련미에만 머물게 해선 안 된다. 질풍노도 서울의 역사를 수 백 년 동안 지켜본 증인으로서의 스카이라인이 엄마 품 같은 원래의 생태계를 찾을 때까지 우리 손때를 아껴야 오래 함께할 수 있다.

폐지 줍는 공화국

어디 가셨지?

동네 어귀를 뛰어다니듯 돌며 폐지와 빈 병을 수거하시던 할아버지가 요즘 보이질 않는다. 동네 어디를 가나 마주쳤었는데 어디 가셨지?

"…혹시…"

할아버지는 늘 같은 중절모를 쓰고 누런 점퍼를 걸치고 다니셨다. 작은 손수레를 끌고 가는지 이고 가는지 모르게 부지런히 모으셨다. 산책하려고 앞 골목에 가면 거기에도, 출근길 내리막길 뛰어갈 땐 거기에도 신출귀몰하듯 나타나셨다. 슈퍼맨이라고 해도 과장일 수 없다.

폐지 모아 태산?

폐지 모아봐야 100kg에 5천 원… 젤 싼 국밥 한 끼 사 먹으면 5백 원, 천 원 남는다. 한나절 돌아야 100kg 겨우

재활용품 노인, watercolor painting, 2021

나올 텐데 허기진 배를 채우는데 다 써버린다. 우리나라에 폐지 줍는 노인이 많은 이유가 노인 빈곤율이 OECD 1위라서일까? 몸이 혹사하는 폐지 수거에 왜 그토록 많은 어르신이 몰리는지 쉽게 감이 오지 않는다.

우리 집은 폐지 수거하는 사람 편하라고 골판 상자 테이프는 뜯고 부피를 납작하게 하는 편이다. 뭉툭한 손으로 테이프 벗겨내고 상자 접는 일이 만만치 않을 것이기 때문. 상자 정리하는 수고와 폐지 값은 전혀 동등할 수 없다. 어느 집 앞에 오래된 책이 수북이 쌓이기라도 하면 이게 웬 횡재냐 한다. 크게 땀 흘리지 않고 100kg을 순식간에 초과 달성할 수 있기 때문. (반면 이삿짐센터는 책 많은 집을 젤 싫어한다)

생존과 자존심의 몸부림

폐지 줍는 게 어떤 이에게는 생계수단만 아니다. 때론 오래된 삶의 무게와 누적된 시간의 가치를 상징한다. 그들의 손은 자기도 모르는 사이 폐지 한 장 한 장에 삶의 이야기를 담고 싶어 한다. 구겨진 사이로 땀과 삶의 흔적이 묻어난 종이를 헐값에 파는 게 그래서 말이 안 된다. 어떤 이에게 폐지는 단순 재활용품이 아니라 자존심을 지키는 방법이다. 손 벌리기 싫어 몸부림치는 마지막 자존심.

그들 걸음은 꼭 물질적 가치를 창출하는 것만 아니라 삶의 연속성을 의미할 수 있다. 허파가 아직도 왕성하게 숨을 쉬고 있다는 증거이며 젊은 세대로부터 무얼 소비할 뿐 아니라 생산하는 존재이기도 함을 증명한다. 그렇기에 오늘

수레바퀴가 무거워도 그 걸음에 젊음이 흉내 낼 수 없는 끈기와 인내가 배어 있다.

수레 가득 땀의 결정체

두 번째 그림은 회사 근처 큰 사거리에 폐지를 가득 싣고 힘겹게 수레를 끄는 모습이 담겼다. 삶에 대한 의지와 땀방울의 인내가 수레에 실려있어서 차들은 양보한다. 불편해도 빵빵거리지 않는다. 수레의 높이가 의미를 짐작하게 한

폐지수레, urban sketch, 2024

다. 사는 건 단순히 숨 쉬고, 심장이 뛰는 것 이상을 의미한다고… 폐지 줍는다는 건 우두커니 있기를 거부하고 뛰쳐나와 상호작용하는 것이라고…. 일단 나오면 삶의 가치와 존엄성이 드러난다는 뜻이기도 하다.

나이 들어 잊지 말 것

물질적 풍요 속에 사는 우리가 간과하지 말아야 할 게 있다. 나이 들수록 삶의 흔적에 땀과 수고와 인내가 담겨 가치는 더해진다는 사실. 누구라서 나이 들어도 살아있음을 알 수 있는 건 아니다. 생존을 넘어 생산해내는 존재임을 나타내기 위해 먼저 잊지 말아야 할 게 있다.

"근육이 지쳐 일을 다 할 때까지는 몸뚱어리의 책임을 다해야 하는 존재임을…"

"주체적으로 삶을 개척하는 마음은 쇠약해지지 않는다는 것을…"

가장 중요한 한 가지….

"언젠가는 힘이 없어지고 독립적인 존재로 살아내기 버거워지는 때가 오고야 만다는 것을…"

창신동_연탄배달의 회상

앵두나무 풍성하던 부촌

복숭아, 앵두나무가 많아 붉은 가지로 온통 둘러싸인 곳이라서 예로부터 '홍숫골(홍수동)'로 불렸던 창신동….

창신동에서의 봉사활동 기억을 스케치북에 담으며 의문을 품는다.

"도성이 가깝고 전망 좋아 양반별장이 많았던 부촌이 왜 가난한 쪽방 동네가 되었을까?"

90년대 초 산업화 물결이 갑부와 토막촌민 모두 불러들

창신동 골목, urban sketch, 2021

였다가 시간이 흘러 봉제공장이 빽빽하여 작은 공장과 쪽방이 늘어났다.

뉴타운 개발 후보라는 기대로 이조 시대 영광이 재현되기를 희망했지만 구불구불 예쁜 성곽 구릉이 오히려 사업성을 떨어뜨렸다. 관광객 붐비는 동대문역 사이로 들키기 싫은 상처가 아직 숨어있는 이유다. 화려히 변신한 청계천변 따라 골목 사이사이 가난을 최후로 전시하는 쪽방이 즐비한 원인이다.

왜 구공탄일까?

회사 봉사동호회가 연탄 배달하러 자주 갔던 창신동….
연탄 배달하는 날이면 온몸에 열기를 느낀 건 땀 흘리도록 힘겨워서인지, 추워도 도우러 나온 빽빽한 손길의 훈훈함 때문인지 모른다. 초겨울날 수백 장의 구공탄을 배달하고는 그들에게 온기를 전하는지 저희끼리 온기를 느끼는지 모르게 39.7도의 열기를 그렇게 나눴다.

왜 구공탄이라고 했을까? 호기심에 연탄 구멍수를 손으

로 세어 봤다. 구멍 22개, 25개… 누군가 19개짜리도 있다고 하는데 보지는 못했다. 구멍이 많을수록 효율성이 좋다는데 예전 연탄보일러를 땠던 우리 집은 연료를 오래 태우기 위해 아궁이를 틀어막았다.

엄마가 연탄 갈라고 하면 타고 난 연탄이 위아래가 들러붙어 깨 먹기 일쑤고 새 연탄을 밑으로 까는가 하면 구멍을 맞추지 못해 났던 연기는 내 기억을 질식시킨다. 새집 연탄

창신동 고물상, watercolor painting, 2021

가스 마시고 나 빼고 온 가족이 비명횡사할뻔한 기억도 생생하다.

연탄 세며 안부를 묻는다

창신동에는 각기 다른 사연을 가진 사람들이 모여 살지만 문 앞이 비좁아 서로 엉키는 땔감을 나눠 쓰고 연탄 쌓인 개수로 형편을 가늠하는 사이라 따스하다. 삐뚤빼뚤 좁은 골목 사이로 등이 굽은 할머니가 미안스레 도움을 받는 맘에 박카스 한 병으로 정산한다.

메가 폴리탄 서울의 한 켠에서 존재를 감춘 채 살아가는 이들의 고단함을 증거하는 창신동의 삶은 생존을 넘어, 서로에게 기대는 도움과 감사의 배움터다.

"저 할머니 집 굴뚝에 왜 연기가 안 나지?"
"저 집에는 연탄이 달랑 3장 남았네."
"김 씨 할아버지 마실 나온 지 이틀이 넘었는데…"

공동체 가치를 실현하는 동네

아파트촌은 누가 봐도 건물 빽빽한 공동체의 모습을 가졌더라도 자기 삶을 각자 책임지지만, 창신동 쪽방촌은 공동체 가치 없이는 삶을 지탱하지 못한다. 높은 구릉마을을 그냥 쪽방촌이라고 이름하기에는 전해줄 이야기가 너무 많다. 골목에 날아오는 고지서는 안부를 묻는 편지가 되고, 채소 장수 메가폰 소리는 어서 마실 나오라는 안내방송이 된다.

우리는 오늘도 하나둘 연탄 수를 세며…

쪽방촌 할머니 할아버지 안부를 묻는다.

추억의 앨범을 넘기며

기봉이의 사진첩

영화 〈맨발의 기봉이〉에서 기봉이는 사진 찍는 걸 좋아한다. 아무렇게나 널려 있는 양말과 빨래, 방에 있는 요강, 신발 한 켤레…. 마치 줌인(zoom-in)을 한 것 같은 주름 가득한 엄마 쌩 얼굴은 기봉이 야심작이다. 형편없는 작품이 담긴 코닥 일회용 카메라를 사진관에 갖다주면 착한 여직원이 두말없이 인화해준다. 인화지에 담긴 기봉이 찰칵 쇼는 왠지 짠하다. 인위적이지 않아서 애잔하다.

초원사진관

아래 옛날 사진관은 아직도 운영하는 군산의 '초원사진관'이다. 한석규가 주연한 영화 〈8월의 크리스마스〉의 촬영지라서 관광 명소가 된 게 당연하다. 시골 사진관이 흥행 영화의 덕이 아니었으면 손님이 끊겨 망하기에 십상이었을

초원사진관, urban sketch, 2024

테지만 관광차 찾아오는 발길이 아날로그 사진을 덩달아 찍어 매출이 올랐을 터다.

초원사진관 같은 데 필름 사진을 맡기면 기분이 세 번 설렌다. 찍을 때 흥분되고 맡길 때 기대되고, 찾으러 갈 때 가슴 설렌다. 딱 현상된 사진을 볼 때까지만 그렇더라도 디지털 사진이 감히 넘볼 수 없는 경쟁력이다. 디지털로 찍어대는 사진은 찍었다 2초 있다가 지우고, 찍었다 1초 있다가 삭제해서 순간의 기억이 망막에만 머문다. 더군다나 계속 눌러가며 큐레이션을 해서 아날로그의 본질을 왜곡한다. 사물이나 사람이나 모두 편집된 페르소나로 비쳐져 진짜 모습 찾기가 어렵다. SNS에 올라온 사진을 믿지는 말아야 한다.

디지털 vs 아날로그 사진

디지털 시대를 살아가고 있는 세대는 틈틈이 색바랜 낡은 사진첩을 펼친다. 디지털 기기로 초현실의 순간을 연출할 수 있지만 가슴이 기억하는 옛 추억은 살 수 없기 때문이다. 때로 물 먹어서 오로라 형상을 자아내는 흑백 사진은 전시관에서 예술의 한 페이지를 장식하기도 한다. 디지털 파일에서는 맡기 어려운, 켜켜이 쌓인 냄새는 추억이 서린 냄새라서 화학제품의 향이 흉내낼 수 없는 무적의 콤비네이션이다. 심란할 때 가슴 뛰게 하는 마법이 인화지에 남아 있는 게 다행이라면 다행이다.

단체 샷 마법

아래 사진은 대학 동기들이 졸업한 지 25년 후 모교 캠

지금 이 순간, watercolor painting, 2021

퍼스에서 찍은 단체 샷을 캔버스에 재현했다(왼쪽에서 세 번째가 저자). 한날한시 사랑하는 이가 함께하는 순간을 기록한 사진은, 최고의 촬영 기술이 연출한 사진의 가치를 100배 뛰어넘는다. 무대장치같이 화려한 배경에 놓인 값비싼 오브제를 최고급 디지털카메라로 찍은 작품은 사진이 스토리를 만들지만, 함께 있이 좋은 사람끼리의 어설픈 단체 샷은 스토리가 사진을 만든다. 의미와 감성이 형상의 기록을 확산하기 때문이다.

무심코 드러나는 감각

때때로 최고의 순간을 담으려 기획한 사진은 작품 속 주인공의 내면을 담기 어렵다. 과대한 포즈와 활짝 미소에 감춰진 가슴 속 이야기는, 오히려 무심코 담은 작품이 포착하기 쉽다. 불순한 의도 없이 찍혀진 '몰카' 사진이 때때로 포토제닉의 자리를 차지할 확률이 높다 할 것이다. 사진에 찍힌 진짜 나를 발견하려면 동네 CCTV나 자동차 블랙박스를 확인해 보라!

사진은 형상을 기록하고 기억하기 위해 찍는 때를 지나 예술의 한 장르를 차지하고서 이제는 사회 안전과 편의를 위한 일상의 도구가 되었다. 사진 속 주인공의 강렬한 눈빛이나 표정, 그의 메시지는 기술이 담아내는 데 한계가 있다. 때문에 우리는 사랑하는 이와 반려동물, 추억이 담긴 물건을 망막의 기억이 아닌 중추신경계의 추억에 남겨야 한다.

오늘 나는… 낡은 사진첩 넘기는 마음으로 함께하는 이, 지금 누리는 모든 것을 애정과 감사의 눈길로 찍어 가슴 한켠 저장매체에 새기기로 한다. 이제 감각과 정서로 다듬어가는 시간의 보관함을 날마다 감격으로 들춰볼 수 있겠지.

철로(鐵路) 역정

청량리역 광장

88올림픽이 열리던 해 우리는 청량리역 광장 시계탑 앞에 모였었다. 기타를 들고, 츄리닝, 교련복에 배낭을 메고서 일행을 기다리는 MT 행렬은 즐겁다 못해 흥분이었다. 대성리로 가는 기차는 자리 예약 없이 가는 비둘기 완행열차. 지금의 전철처럼 양쪽 끝에 좌석이 마주 봐서 넓은 복도에 둘러앉아 노래를 불렀다.

"가방을 둘러맨 그 어깨가 아름다워.

뒷모습 보면서 정신없이 걷는데…."

노래하다 지치면 게임을 해도 뭐라 하지 않았다. 그렇게 우리의 대학 시절은 기차여행의 낭만으로 최루탄의 매캐함을 벗어났던 기억으로 남아있다.

청량리역에서 출발한 여행은 물리적 이동이라 하기엔 사연이 너무 많다. 몸을 온전히 싣고 가는 철길은 영화 필름 같은 파노라마를 보는 즐거움이었다. 제일 싼 열차 칸에 몸을 실은 순간부터 대성리를 향한 마음은 도착할 때까지 지속되는 흥분. 덜컹거리는 기차 바퀴 소리가 귓전에는 '고고, 스윙, 록, 칼립소, 디스코'의 기타 주법으로 들려오고 가슴에 드럼 비트로 쿵쾅거렸다. 바퀴가 철길에 부딪히는 마찰음이라기보다, 일상을 벗어난 경험으로 빠져들어 가는 시점이란 걸 상기시켜 주는 것만 같았다.

기차는 아스라이, watercolor painting, 2022

위 그림에서는 기차가 숲길을 떠나 아스라이 들판으로 빠져나가며 크레셴도에서 디크레셴도로 여리어 간다. '뿌욱~' 기적소리도 포르테시모로 시작해서 피아니시모로 작아지는 사운드 퍼포먼스를 연출한다. 촘촘하게 펼쳐지는 차창 밖 풍경 파노라마는 기차여행을 하는 이유랄 수밖에 없다. 졸지 않는 게 관건이긴 하다. 칙칙폭폭 리드미컬한 음향, 아련한 기적소리와 전쟁을 벌여야만 쏟아지는 잠을 이겨낼 수 있다.

철길 따라 가는 흥분

철로 주변 펼쳐지는 자연 미술작품은 색색의 풍광이 기승전결을 나타낸다. 열차의 진격에 맞춰 녹색, 파랑, 주황, 연두 색상도 조화롭게 섞인다. 모두가 철길 따라가는 여행이기에 대체할 수 없는 즐거움이다. 서 있는 시점에 따라 다른 의미로 다가오는 기찻길이 고맙기도 하다. 앞에서 달려오던 철길이 열차 꼬리에선 완전 다른 모습으로 멀어진다. 먼 길 따라 찾아온 이를 맞는 반가움이 헤어짐의 아쉬움으로 사라지는 것 같다. 시인 정세훈(1955~)은 그런 느낌을 싯구로 살렸다.

"아스라이 멀어져갔던
내 사랑하던 이들이
숨 가쁘게 씨근덕거리면서
다시,
내 곁으로 달려올 것만 같다."

마음의 감각에 따라 때로는 평화로운 들판이, 어느 때는 분주한 도시풍경이 시야에 들어오는 여정은 지루할 리 없

철길 따라, urban sketch, 2024

다. 황홀과 아쉬움이 번갈아 있기에 질리지 않는 길이다. 눈부신 빛이 이어지다 가끔씩 지나는 터널이 시각의 과다 노출을 막아주기도 한다. 어두운 터널에서 무엇이 나올까 기대하다 멋진 장소를 발견하는 설렘과 뒤돌아서는 헤어짐이 기찻길 운명이다.

완행열차의 축복

여행의 종착지에 도착하면 식어진 흥분이 친밀과 관계의 분주함으로 대체된다. 대성리에서 밤새 이어지는 웃음과 이야기, 진한 땀방울의 공감은 귀경길의 정서를 바꾼다. 떠날 땐 풍경이 눈을 사로잡았는데 돌아올 때 친구의 미소가, 때로 걱정 어린 그 눈망울이 시야의 중요한 자리를 차지한다. 기찻길 따라가고 오는 여정은 삶에 대한, 관계에 관한 통찰을 쌓는다. 동반 여행은 천천히 걷는 행로이기에… 오래 함께할 중요한 사람과의 동행은 완행열차가 정답이다.

나의 살던 산동네

면목 4동의 추억

나의 살던 고향은 꽃피는 산골은 아니더라도 엎어지면 코 닿을 거리에 산기슭이 있어서 때마다 다른 꽃을 볼 수 있다. 용마산으로 이어지는 비포장 언덕길이 있어서 눈 오면 썰매나 포대 자루를 탈 수 있었다. 축구 하다가 헛발질하면 공 찾아 삼만리를 헤매는 게 한 가지 흠이었다.

면목4동 산동네 골목은 미소 지을 추억으로 가득하다. 산동네라 햇살은 빨리 떠올라, 방학이면 아침부터 무리 지어 몰려 다닌다. 딱지치기, 구슬치기, 잣 치기가 정해진 하루 일과다. 구슬 튕기는 날카로운 소리 골목에 울리면, 손아귀에 담은 구슬 꾸러미는 한가득 기쁨이 된다. 익숙한 환호성이 들릴 때 누구나 짐작한다. 오늘의 승자는 누가 될지….

면목4동, oil paiting on canvas, 2021

올림픽 종합경기하듯

해가 점점 높아지면, 동네 골목은 새로운 전장이 된다. 다방구, 무궁화꽃이 피었습니다, 손 야구, 말뚝박기… 그야말로 올림픽 근대 5종 경기다. 머리와 어깨가 부딪힐 때마다, 긴장으로 고조된 아우성과 깔깔대는 웃음이 마을의 시름을 날린다. 높은 동네라서 멀리 공, 구슬, 잣을 보내는 게 부담이었지만 승부에 집착하면 아랑곳하지 않아도 된다. 중요한 건 저녁이 될 때까지만 이기는 전략을 세워야 하는 거다.

해가 기울어가면, 땅따먹기가 마지막 종목이 된다. 왜 그래야 하는지 이유는 모른다. 해 질 때까지 각자의 영역을 정복하기 위해 빠르게 돌을 튀겨야 한다. 세계지도를 읽듯 빠른 판단력과 순발력을 요구했기 때문에 교과서에 나올 종목이다. 땅을 넓히려 그려놓은 경계는 엄마가 부를 때까지만 유효하다.

해지는 아쉬운 발걸음

어느덧 해가 지면 흥분은 적막 속으로 사그라든다. 가로

등이 켜지면 아이들은 하나둘 사라지고, 집에 가야 한다는 현실이 무겁게 다가온다. 당장은 엄마 곁에 가는 게 왜 싫은지 철이 없었던 것일까? (커서도 집에 엄마 없으면 좋아하는 나는 나쁜 아이였다) 골목 그림자가 길어질수록, 발걸음이 유독 무거워지는 아이는 따로 있다. 구슬, 딱지를 많이 딴 아이들이다.

"조금만 더 모으면 내가 짱인데…"

그렇게 하루의 일과는 끝이 나고, 일당으로 번 구슬과 딱지를 책상 서랍에 간직하고, 내일 이길 전략을 구상하다가 잠이 든다. 꿈속에서도 동네 구석구석 그 자리다. 40년도 넘은 지금, 마음 한구석에 남아있는 면목 4동은 채색 물감으로 오늘 다시 살아난다. 그림 속 계단과 전봇대를 보고 있자면 아직도 나는 11살에 머문다.

엄마가 부를 때

우리는 살다가 집에 가고 싶지 않은 마음, 조금 더 놀고 싶은 마음이 걸음을 붙잡아도, 엄마 부르는 소리가 점점 더 크게 들리면 순종해야 한다. 먹고 사는 문제, 마음까지도

산동네 오름길, watercolor painting, 2023

다 책임지는 절대 권력 앞에 복종해야 한다. 자라면서 내 목소리는 점점 커지고 엄마 목소리는 잠기더라도 마음속 자리 잡은 엄마 음성은 점점 커진다.

"○○아. 이제 들어와야지!"

어린 시절 절대 권력이던 엄마의 부름이 이제는 가슴 속 세미한 음성으로 맺힌다. 목소리 들릴 때까지만 유효한 호출이 공허한 메아리가 되지 않게, 엄마 냄새 가득한 마음의 고향 떠나 살지 말아야지.

수송동 옛날 집

밥 먹으러 가는 맛

회사가 광화문에 있을 때 인사동 수송동(종로) 맛집을 찾아 수만 리를 헤맸다. 비싼 곳보다는 고즈넉하고 맛깔스러운 곳을 탐색했다. 기름지지만 단백하고, 감칠맛 나면서도 조미료 맛 배제 시키고, 매워도 뒷맛 개운한 그런 집…. 사람 입맛이라는 게 시속 150km 같아서 입소문이라도 나면 정오가 되기 전 줄이 길어진다. 바쁜 일상이라서 맛보다는 시간을 선택하는 편이라 긴 줄은 피했어도 인파에 합류하고픈 유혹은 피할 수 없다.

맛 부르는 색

"웬일인가? 유명 먹자골목에 사람이 없다!" 시퍼런 하늘, 간판과 지붕 위 분홍 꽃, 돌담과 바닥이 영락없는 파스텔이다. 바로 사진을 찍어야만 했다. 사진을 좀 더 예쁘게

뒷골목 음식점, watercolor painting, 2021

조작하고서 느낌 살리려 지체 없이 그렸다. 스케치북에는 색들이 과장되게 채워졌다. 강렬한 색채의 파괴는 야수파 마티스를 닮았지만, 인상파 화가 모네의 젊었던 시절의 몽환적이고 부드러운 톤을 덧입히려 애썼다.

하늘로 손을 벌리고 있는 홍벚꽃은 그렇다 치고 맞은 편, 아직 앙상하게 남아있는 겨울 가지마저도 예쁜 색으로 칠해졌다. 실제보다 파란 잎사귀 뒤편의 빨강 입간판은 입맛을 돋우는데, 처마 밑 벽돌집이라서 더 그렇다. 이런 곳은 만두가 스파게티보다 더 맛있어야 한다는 편견이 정당화된다.

수송동스러운 집

안국에서 수송동 안쪽으로 걷다 보면 좁은 골목 사이로 일제 강점기에나 있을법한 집들이 있다. 집 안에는 하늘 높이 솟은 아름드리나무가 서 있고, 나무를 지키는지 집을 지키는지 모를 쇠창살이 촘촘하다. 이런 고택이 수송동의 옛 모습을 지키느라 안간힘을 써주기 때문에 다행이다. 예전 불타 없어진 수송초등학교, 강남으로 옮겨간 중동고등학교는 수송의 명물이었는데 그 자리를 먹자골목에 내주었다.

수송동 고택, urban sketch, 2022

수송동은 이제 토박이가 학교에 다니고 장터에 나가는 동네가 아니다. 도시 외곽에서 들어온 직장인들이 몰려와 밥 먹고 디저트를 즐기며 비즈니스 하는 곳이다. 도시 한복판에서 교복이 활개 치며 분위기를 띄우는 게 그리운 건지는 모르겠지만 그 시절이 어땠을지 꽤 궁금하다.

"별다방 미스리는 예전에도 있었을까?"

"이 동네에 유독 많은 엔틱 카페와 찻집은 기획된 거겠지?"

잊기를 거부해야 할 것

멀리 갈수록 가보면 없는 게 너무 많다. 기억이 머무는 곳에 있어야 할 게 남아있으면 좋겠는데…. 선생님과 친구들이 아직 아침 조회할 거 같은 초등학교, 도시락 두 개 싸 들고 야간 자율 학습하던 고등학교, 장의자 기름칠 냄새 아직 살아있는 동네 교회, 흔하디흔했던 수양버들…. 모두가 잊혀지는 게 두려운 존재들이다.

'정서가 머물러서 기억은 강렬해지는 추억'을, 세월 가고 시절은 바뀌어도 지우지는 말자.

기억력 흐릿해져도 아련한 정과 사랑은 끝없는 것.

이제껏 우리는 희망대로를 걸어왔습니다. 다채로운 길을 지나는 동안 자연의 광활함 속에 파묻혔던 내 작은 존재의 의미를 새겼고, 사랑의 정원에서 감성의 목마름을 해갈했으며, 어두운 골목길에서 빛줄기를 발견한 후, 잊었던 과거에서 희망의 실마리를 찾았습니다. 피곤한 마음과 지친 영혼을 달래고자 한다면 희망대로에 나가서 하늘을 보고 뛰어야 합니다. 『희망대로 오십사번지』는 바삐 달려가는 이에게 안식을 찾아주는 생활 지침서입니다. 희망대로 1번지에서 30번지를 지나는 동안 마음의 먼지를 벗겨내고, 50번지까지 가는 동안 물때를 씻어내었다면 옳은 길을 찾은 것입니다. 마침내 희망 종점에 다다라서, 불꽃 같은 햇살을 맞으며 어릴 때 품었던 자신감을 되찾았다면 그 여정은 성공이라 말할 수 있습니다.

『물감이 처방한 마음 진통제』는 생각이 그려낸 스케치와 마음이 뿌린 물감으로 독자들에게 위로와 힘을 전해주고자 시도된 프로젝트입니다. 장마다 펼쳐진 그림 이야기를 따뜻한 시선으로 읽고 웃음으로 소화했다면, 여러분은 고단한 일상에서 지쳐 쓰러져도 다시 일어설 수 있는 희망의 끈 하나 벌어놓은 셈입니다.

책을 덮는 순간, 희망대로 54번지를 지나온 여러분은 그 발자취를 미소로 돌아볼 수 있을 것입니다. 희망의 불꽃이 활활 타는 종착역에서 쬐는 빛이 메마르고 시들었던 삶을 풍요롭게 할 영양소가 되어 준다면 더없이 좋겠습니다. 이제부터 어두운 길에서 절망과 부정의 그늘이 드리워진다면, 『희망대로 오십사번지』의 추억을 등불 삼아 검은 그림자를 몰아내고 광명이 대체하는 내일을 향해 전진하는 여러분의 힘찬 발걸음을 기대합니다. 마지막 그림에서처럼….

희망대로, watercolor painting, 2020

[출간후기]

지치고 험악한 인생의 여정 속, 잠시 쉬어가는 샘물 같은 책

권선복 도서출판 행복에너지 대표이사

한국은 유래를 찾아볼 수 없을 정도로 최단기간 동안 경제 성장과 민주화를 동시에 이루었습니다. 1960년대를 기준으로 GDP는 780배 이상 증가했고, 모든 성인 남녀의 비밀 보통 선거와 사법권 독립 등 민주화가 정착되었는가 하면, 예술과 스포츠의 변방에 머물던 나라가 세계 문화의 중심국으로 도약하기에 이르렀습니다. 90년대에 뉴 키즈 온 더 블록의 올림픽 체조경기장 공연에 열광하던 한국이 이제는 K-컬처를 무기로 세계인의 팬덤을 일으키는 것이 꿈 같습니다. 하지만 이러한 성장의 이면에는 산업화와 사회구조 변화로 인한 빠른 전통의 소멸, 극심한 경쟁과 함께 계층 간 갈등으로 인한 사회적 행복도 감소 등의 그림자 역시 존재하고 있습니다.

이 책 『희망대로 오십사번지 - 물감이 처방한 마음 진통제』는 끊임없이 변해가는 '지금 이 순간'에 대한 애착을 보이면서도, 빠르게 변하여 잊히고 사라지는 모든 것들을 그리워하는 작가이자 화가, 장보현 저자가 따스한 글과 그림으로 담아낸 힐링 프로젝트입니다.

저자는 흰 도화지와 사각 캔버스로부터 받은 위로를 더 많은 이들에게 전해주기 위해 펜과 붓을 들고서 자연, 사랑, 일상, 골목길, 과거와 현재라는 다섯 가지 주제의 감정 스토리를 펼쳐내고 있습니다. 각 페이지를 장식하는 그림들은 자연과 사람, 인생과 시간의 흐름을 때로는 예리하고 객관적인 관점으로, 때로는 저자의 감성과 내면세계를 농후하게 담아 다양한 색채와 기법으로 그려집니다. 또한 순간의 모습을 포착하여 담아내는 저자는 각 페이지의 그림들을 통해 미래의 변화에 대한 희망과 함께, 사라져 가는 과거에 대한 아쉬움과 추억을 직설적이면서도 온화하게 담아내고 있습니다.

장보현 저자는 1996년 공직에 입문하여 과학기술부 한국우주인사업팀장, 미래창조과학부 창조경제담당관 등을 거쳐 원자력안전위원회 사무처장을 역임하고 현재는 한국과학기술연구원 책임연구원으로 재직하며 30여 년 가까이 공직에서 근무하였습니다. 이렇게 오랫동안 과학과 함께해온 저자가 예술적인 면모를 겸비하여 이와 같은 책을 출간한 것이 감탄스럽습니다. 과학과 예술의 융합, 글과 그림의 융합, 과거와 미래의 융합을 보여주는 이 책이 많은 독자분들의 마음에 신선하고 따뜻한 힐링의 바람과 행복에너지를 팡팡팡 불어넣기를 소망합니다.

좋은 **원고**나 **출판 기획**이 있으신 분은 언제든지 **행복에너지**의 문을 두드려 주시기 바랍니다

ksbdata@hanmail.net www.happybook.or.kr 문의 ☎ 010-3267-6277

‘행복에너지’의 해피 대한민국 프로젝트!

<모교 책 보내기 운동> <군부대 책 보내기 운동>

한 권의 책은 한 사람의 인생을 바꾸는 힘을 가지고 있습니다. 한 사람의 인생이 바뀌면 한 나라의 국운이 바뀝니다. 그럼에도 불구하고 많은 학교의 도서관이 가난하며 나라를 지키는 군인들은 사회와 단절되어 자기계발을 하기 어렵습니다. 저희 행복에너지에서는 베스트셀러와 각종 기관에서 우수도서로 선정된 도서를 중심으로 <모교 책 보내기 운동>과 <군부대 책 보내기 운동>을 펼치고 있습니다. 책을 제공해 주시면 수요기관에서 감사장과 함께 기부금 영수증을 받을 수 있어 좋은 일에 따르는 적절한 세액 공제의 혜택도 뒤따르게 됩니다. 대한민국의 미래, 젊은이들에게 좋은 책을 보내주십시오. 독자 여러분의 자랑스러운 모교와 군부대에 보내진 한 권의 책은 더 크게 성장할 대한민국의 발판이 될 것입니다.

제 3 호

감 사 장

도서출판 행복에너지
대표 권 선 복

귀하께서는 평소 군에 대한 깊은 애정과 관심을 보내주셨으며, 특히 육군사관학교 장병 및 사관생도 정서 함양을 위해 귀중한 도서를 기증해 주셨기에 학교 全 장병의 마음을 담아 이 감사장을 드립니다.

2022년 1월 28일

육군사관학교장
중장 강 창 구 (육군사관학교장인)